CONCERTO BARROCO

ALEJO CARPENTIER

Concerto barroco

Tradução
Josely Vianna Baptista

Companhia Das Letras

Copyright © 1997 by Lilia Carpentier

Título original
Concierto barroco

Capa
João Baptista da Costa Aguiar

Foto de capa
Ana Tomás

Preparação
Denise Pessoa

Revisão
Marise S. Leal
Marina Nogueira

Dados Internacionais de Catalogação na Publicação (CIP)
(Câmara Brasileira do Livro, SP, Brasil)

Carpentier, Alejo
 Concerto barroco / Alejo Carpentier ; tradução Josely Vianna Baptista. — São Paulo : Companhia das Letras, 2008.

 Título original: Concierto barroco.
 ISBN 978-85-359-1301-9

 1. Romance cubano I. Título.

08-08465   CDD-CB 863.4

Índice para catálogo sistemático:
1. Romances : Literatura cubana   cb863.4

[2008]

Todos os direitos desta edição reservados à
EDITORA SCHWARCZ LTDA.
Rua Bandeira Paulista 702 cj. 32
04532-002 — São Paulo — SP
Telefone (11) 3707 3500
Fax (11) 3707 3501
www.companhiadasletras.com.br

CONCERTO BARROCO

I.

...iniciai o concerto...

Salmo 81

De prata as delgadas facas, os finos garfos; de prata os pratos onde uma árvore de prata lavrada na concavidade de suas pratas juntava o suco dos assados; de prata as fruteiras, com três bandejas redondas, coroadas por uma romã de prata; de prata as jarras de vinho marteladas pelos artesãos da prata; de prata as travessas de peixe com seu pargo de prata inflado sobre um entrelaçamento de algas; de prata os saleiros, de prata os quebra-nozes, de prata os covilhetes, de prata as colherinhas com iniciais lavradas... E tudo isso ia sendo levado pausadamente, cadenciadamente, cuidando para que prata não esbarrasse em prata, rumo às surdas penumbras de caixas de madeira, de engradados ao aguardo, de arcas com fortes ferrolhos, sob o olhar vigilante do Amo que, de roupão, só fazia a prata ressoar, vez por outra, ao urinar magistralmente, com jorro certeiro, copioso e percuciente, num penico de prata, cujo fundo era adornado por um malicioso olho de prata, logo ofuscado por uma espuma que, de tanto refletir a prata, acabava por parecer prateada... "Aqui, o que fica", dizia o Amo. "Ali, o que vai." Naquilo que ia, também uma que outra prata — uma baixela menor, um jogo de taças, e, claro, o penico do olho de prata —, mas, sobretudo, camisas de seda, calções de seda, meias de seda, sedas da China, porcelanas do Japão — as do café da manhã que talvez, quem sabe, fosse tomado em agradabilíssima companhia —, e xales de Tonquim, viajados pelos vastíssimos mares do Poente. Francisquillo, com a cara amarrada, feito uma trouxa de roupas, por uma mantilha azul que lhe colava à bochecha esquerda uma folha com virtudes emolientes, pois a dor de dentes a deixava inchada, arremedando o Amo, e mijando no compasso da mijada do Amo, mas não em penico de prata, e sim em pote de barro, também caminhava do pátio às arcadas, do saguão às salas, fazendo coro com ele, como num ofício divino: "Aqui, o que fica... Ali, o que vai". E tão bem ficaram, ao pôr do sol, os pratos e as pratarias, as chinesices e as japonesices, os xales e as sedas, guardados no melhor lugar onde dormir entre maravalhas ou de onde sair para longuíssima viagem, que o Amo, ainda de roupão e gorro, quando já devia ter vestido roupas mais alinhadas — embora hoje não mais se esperassem visitas de despedida formais —, convidou o serviçal a compartilhar com ele uma jarra de vinho, ao ver que todas as caixas, arcas, engradados e malas estavam fechados. Depois, andando devagar, pôs-se

8

a contemplar, embauladas as coisas, envoltos os móveis em suas capas, os quadros que permaneciam pendurados nas paredes e tímpanos. Aqui, um retrato da sobrinha professa, de hábito branco e longo rosário, coberta de adereços e de flores — embora, talvez, com o olhar demasiado ardente — no dia de suas bodas com o Senhor. Defronte, em preta moldura quadrada, o retrato do dono da casa, executado com tão magistral desenho caligráfico que o artista parecia tê-lo obtido com um único traço — enredado em si mesmo, fechado em volutas, logo desenrolado para outra vez enrolar-se —, sem levantar a larga pena da tela. Mas o quadro das grandezas estava lá, no salão de bailes e recepções, dos chocolates e *atoles** de praxe, onde se registrava, por obra de algum pintor europeu que tenha passado por Coyoacán, o maior acontecimento da história do país. Ali, um Montezuma entre romano e asteca, com um ar de César coroado com penas de quetzal, aparecia sentado num trono em que se mesclavam o estilo pontifical e o de Michoacán, sob um pálio levantado por duas partasanas, tendo a seu lado, de pé, um indeciso Cuauhtémoc com a cara de um jovem Telêmaco que tivesse os olhos meio amendoados. Diante dele, Hernán Cortés, com barrete de veludo e espada na cinta — a arrogante bota pousada no primeiro degrau do sólio imperial —, estava imobilizado em dramática estampa conquistadora. Atrás, Frei Bartolomé de Olmedo, com hábito mercedário, brandia um crucifixo com gesto de pou-

*Bebida típica do México, feita basicamente de farinha de milho dissolvida em água ou leite. (N. T.)

cos amigos, enquanto Dona Marina, de sandálias e *huipil* iucatano,* os braços abertos em mímica intercessora, parecia traduzir para o Senhor de Tenochtitlán o que o Espanhol dizia. Tudo em óleo bem abetumado, ao gosto italiano de muitos anos antes — agora que lá o céu das cúpulas, com suas quedas de Titãs, abria-se sobre claridades de céu verdadeiro e os artistas lançavam mão de paletas ensolaradas —, com portas ao fundo cujas cortinas eram erguidas por cabeças de curiosos índios, ávidos por infiltrar-se no grande teatro dos acontecimentos, que pareciam tirados de algum relato de viagem aos reinos da Tartária... Adiante, numa pequena sala que conduzia à cadeira de barbear, apareciam três figuras devidas ao pincel de Rosalba *pittora*, artista veneziana muito famosa, cujas obras apregoavam, em cores esfumadas, em cinzas, rosas, azuis pálidos, verdes de águamarinha, a beleza de mulheres tanto mais belas quanto mais distantes. *Três belas venezianas* era o título do pastel de *la* Rosalba, e o Amo pensava que aquelas venezianas já não lhe pareciam tão distantes, posto que muito em breve conheceria as cortesãs — dinheiro para isso não lhe faltava — que tanto elogiaram, em seus escritos, alguns viajantes ilustres, e que, muito em breve, iria, ele também, divertir-se com aquele licencioso *jogo de astrolábios* a que muitos, conforme lhe haviam contado, entregavam-se por lá — jogo que consistia em passear pelos canais estreitos, oculto numa barca com o toldo discretamente entreaberto, para surpreender um descuido das fêmeas bonitas que, sabendo-se observadas, embora fingindo a maior inocência, ao ajeitar

*Do náuatle *uipilli* ou *uepilli*: espécie de casula com adornos de bordados. (N. T.)

um decote inclinado mostravam, às vezes, fugazmente, mas não tão fugazmente que não se pudesse contemplar à vontade, o pomo rosado de um seio... Retornou o Amo ao Grande Salão, lendo de passagem, enquanto apurava outra taça de vinho, o dístico de Horácio que sobre o dintel de uma das portas mandara gravar com irônicas intenções para com os velhos amigos comerciantes — sem esquecer o notário, o inspetor de pesos e medidas e o padre tradutor de Lactâncio — que, na falta de pessoas de maiores méritos e condição, recebia para jogar baralho e desarrolhar garrafas recém-chegadas da Europa:

> Contam que o velho Catão tinha o costume
> de revigorar com vinho sua virtude.

No corredor dos pássaros adormecidos soaram passos veludosos. Chegava a visitante noturna, envolta em xales, sentida, chorosa, atriz, em busca do presente das despedidas — um valioso colar de ouro e prata com pedras que, aparentemente, eram boas, ainda que, é claro, tivesse de levá-las na manhã seguinte à casa de algum ourives para saber quanto valiam —, pedindo vinho melhor do que este, entre lágrimas e beijos, pois o dessa garrafa que agora tomavam, embora se dissesse que era vinho da Espanha, era vinho com borra, então melhor não agitá-lo, ela sabia disso, vinho de pipa, vinho bom para lavar *aquilo*, para dizer tudo no jargão que coloria seu divertido vocabulário, embora, tão bobocas, o Amo e o criado o tivessem bebido, e olhe que se achavam finos degustadores — nem que te tivessem parido em palácio de azulejos, tu, faxineira de pátios, raladora de *elotes*,* que eu deflorei naquela noite, quando morreu minha casta e boa esposa, depois de receber os santos óleos e a bênção papal!... E como Francisquillo, depois de ordenhar a barrica mais escondida do porão, tivesse dado a ela o necessário para amansar sua fala e aquecer seu ânimo, a visitante noturna pôs os peitos para fora, cruzando as pernas com o mais aberto descaramento, enquanto a mão do Amo se perdia entre as rendas de suas anáguas, buscando o calor da *segrete cose* cantada por Dante. O fâmulo, para harmonizar-se com o ambiente, apanhou sua viola de Paracho e pôs-se a cantar "Las mañanitas del Rey David"** antes de passar às canções do dia, que falavam de belas mal-agradecidas, de queixas de largados, daquela ingrata que eu amava e que me abandonou, e estou sentido, sentido, sentido de tanto amar, até que o Amo, cansado daquelas antigalhas, sentou a visitante noturna nos joelhos e pediu algo mais moderno, algo daquilo que ensinavam na escola onde as lições lhe custavam uns bons cobres. E na vastidão de casa de *tezontle*,*** sob abóbadas ornamentadas com anjinhos rosados, entre as caixas — as de ficar e as de ir — abarrotadas de agomis e bacias de prata, esporas de prata, abotoaduras de prata, relicários de prata, a voz do criado fez-se ouvir, com singular inflexão costeira, numa *copla* italiana — muito oportuna naquele dia — que o mestre lhe ensinara na véspera:

---

*Do náuatle *elotl*: espiga de milho verde. (N. T.)
**Tradicional composição mexicana que se costuma cantar de manhãzinha, geralmente para uma mulher, por ocasião de seu aniversário. (N. T.)
***Náuatle: pedra vulcânica porosa, de um vermelho escuro. (N. T.)

Ah, dolente partita,
Ah, dolente partita!...

Nisso, ressoou a aldrava da porta principal. A voz cantante ficou suspensa enquanto o Amo, com a mão posta em surdina, silenciou a viola: "Vá dar uma olhada... Mas não deixe ninguém entrar, pois há três dias só o que fazem é despedir-se de mim...". Rangeram distantes dobradiças, alguém pediu desculpas em nome de outros que o acompanhavam, adivinharam-se os "muito obrigado", ouviu-se um estentóreo "não vá acordá-lo" e um coro de "boa-noite". E voltou o criado com um longo papel enrolado, de resma holandesa, onde em letra redonda de clara leitura somavam-se encomendas e pedidos de última hora — aqueles que só acodem à memória alheia quando já estamos com o pé no estribo — feitos ao viajante por seus amigos e confrades... Essências de bergamota, bandolim com incrustações de nácar à moda de Cremona — para a filha —, e um barrilete de marasquino de Zara, pedia o inspetor de pesos e medidas. Duas lanternas à moda de Bolonha, para cabeçadas de cavalos de tiro, pedia Íñigo, o mestre prateiro — com o ânimo, certamente, de tomá-las por modelos de uma nova manufatura que poderia agradar à gente daqui. Um exemplar da *Biblioteca Orientalis* do caldeu Assemani, bibliotecário da Vaticana, pedia o pároco, além de algumas "moedinhas romanas"— se não fossem muito caras, claro! — para sua coleção numismática, e, se possível, uma bengala de âmbar polonês com punho dourado (não era forçoso que fosse de ouro), dessas que vinham em longos estojos forrados de veludo carmesim. O notário desejava algo estranho: um jogo de baralho, de estilo desconhecido por aqui, chamado *minchiate*, inventado, dizia-se, pelo pintor Michelangelo para ensinar aritmética às crianças e que, em vez de compor-se dos clássicos naipes de ouros, paus, copas e espadas, ostentava figuras de estrelas, o Sol e a Lua, um Papa, um Demônio, a Morte, um Enforcado, o Louco — carta nula — e as Trombetas do Juízo Final, que podiam determinar um ganancioso Triunfo. ("Coisa de adivinhação e feitiçaria", insinuou a fêmea que, enquanto cuidava da leitura da lista, tirava as pulseiras e abaixava as meias.) Mas o mais engraçado de tudo era o pedido do Juiz Emérito: para seu gabinete de curiosidades, pedia nada menos que um mostruário de mármores italianos, insistindo em que não faltassem — se possível — o cipolino, o turqui, um travertino, parecido com um mosaico, e o amarelo de Siena, sem esquecer o pentélico jaspeado, o vermelho da Numídia, muito usado na Antiguidade, e talvez, também, algum pedacinho de lumaquela, com desenho de conchas nos veios, e, se não fosse abusar de tanta amabilidade, uma lasquinha do serpentino — verde, esverdeado, variegado, como o que se podia ver em certos sepulcros renascentistas... "Mas se nem um estivador egípcio, daqueles que Aristófanes elogiava por serem forçudos, consegue carregar isso!", exclamou o Amo. "Eu não ando com um baú sem fundo nos ombros. Vão todos plantar batatas, que não pretendo desperdiçar meu tempo de viagem atrás de infólios raros, pedras celestiais ou bálsamos de Ferrabrás. O único que contemplarei será seu professor de música, Francisquillo, que só me pede coisas modestas e fáceis de trazer: sonatas, concertos, sinfonias, oratórios — pouco volume e muita harmonia... E agora, volte a seus cantos, rapaz..."

Ah, dolente partita,
Ah, dolente partita!...

E depois vieram trechos, mal recordados, de "A un giro sol di bell'occhi lucenti"... Quando o criado, porém, terminou o madrigal, ao desviar os olhos do braço da viola viu-se sozinho: o Amo e sua visitante noturna já tinham ido para o aposento dos santos em molduras de prata para oficiar os júbilos da despedida na cama das incrustações de prata, à luz dos círios postos em altos candelabros de prata.

II.

O Amo andava entre suas caixas amontoadas num galpão — sentando-se sobre esta, movendo aquela, parando diante da outra — a ruminar seu despeito em destemperados monólogos em que a raiva se alternava com o desalento. Não à toa os antigos diziam que a riqueza não traz felicidade, e que a posse do ouro — a bem dizer: da prata — era de pouca valia perante certos contratempos postos pelos fados no espinhoso caminho de toda vida humana. Desde a saída de Veracruz tinham caído sobre a nau todos os ventos contrários que, nos mapas alegóricos, inflam as bochechas de gênios perversos, inimigos do povo do mar. Com as velas rasgadas, avarias no casco, estragos no convés, chegara-se, por fim, a bom porto, para encontrar Havana enlutada por uma terrível epidemia de febres malignas. Tudo ali — como diria Lucrécio — "era transtorno e confusão, e os aflitos enterravam seus companheiros como podiam" (*De rerum natura*, Livro VI, especificava o viajante, erudito, ao citar, de cor, essas palavras). E assim, em parte porque era preciso consertar a nau danificada e redistribuir a carga — mal organizada, desde o início, pelos estivadores de Veracruz —, mas principalmente porque fora de bom alvitre fundear longe da cidade flagelada pelo mal, lá estavam na Villa de Regla, cuja pobre realidade de aldeia cercada de manguezais ampliava, na lembrança, o prestígio da cidade deixada para trás, que se alteava, com a fulguração de suas cúpulas, o porte suntuoso de suas igrejas, a vastidão de seus palácios — e as florálias de suas fachadas, os pâmpanos de seus altares, as jóias de suas custódias, a policromia de seus zimbórios —, como uma fabulosa Jerusalém de retábulo-mor. Tudo aqui, por seu turno, eram ruas estreitas, de casas baixas, com janelas que, em vez de terem postigos de bons ferros, abriam-se detrás de varetas mal pintadas de branco, sob telhados que, em Coyoacán, serviriam apenas para cobrir galinheiros ou chiqueiros, e olhe lá. Tudo parecia estar imobilizado num calor de forno de padaria, trescalante a lodo e espojaduras de porco, a bodum de bode e esterco de estábulos, cujo bochorno cotidiano engrandecia, na lembrança, a transparência das manhãs mexicanas, com seus vulcões tão próximos, na ilusão do olhar, que seus cumes pareciam situados a meia hora de caminhada de quem contemplasse o esplendor de seus alvores pousados nos azuis de imensos vitrais. E aqui vieram parar, com caixas, arcas, fardos e engradados, os passageiros do barco enfermo, à espera de alguém que lhes curasse as mazelas, enquanto, na cidade defronte, sobranceira sobre as águas do porto, reinava o silêncio sinistro das mansões fechadas pela epidemia. Fechadas estavam as casas de dança, *guaracha* e bole-bole, com suas mulatas de carnes oferecidas sob o crivo das rendas engomadas. Fechadas as casas da rua dos Mercaderes, da Obrapía, da dos Ofícios, onde volta e meia apresentavam-se — embora isso não fosse novidade digna de nota — orquestras de gatos mecânicos, concertos de copos harmônicos, pavões dançadores de forlana, os célebres Gêmeos de Malta, e os *sinsontes** amestrados que, além de assobiar melodias da moda, com o bico ofereciam cartões onde estava escrito o destino de cada um. E como se o Senhor, vez por outra, quisesse punir os muitos pecados dessa cidade paroleira, gabarola e despreocupada, sobre ela caíam, repentinamente, quando menos se esperava, os bafejos malditos das febres oriundas — na opinião de alguns entendidos — dos miasmas que infestavam as marismas próximas. Uma vez mais soara o *Dies Irae* de praxe e as pessoas o aceitavam como mais um passo, rotineiro e inevitável, da Carroça da Morte; mas o pior era que Francisquillo, depois de três dias tiritando, acabava de entregar a alma num vômito de sangue. Com o rosto mais amarelo que enxofre de botica, puseram-no entre tábuas, levando-o a um cemitério onde os caixões tinham de ser postos de través, uns por cima dos outros, cruzados, escorados, feito madeiras num estaleiro, pois no chão não restava lugar para os que eram trazidos de toda parte… E eis que o Amo se vê sem criado, como se um amo sem criado fosse amo de verdade, malograda, por falta de servo e de viola mexicana,

*Do náuatle *centzuntli*, "que tem quatrocentas vozes": pássaro americano parecido com o melro, de canto variado e melodioso. (N. T.)

a grande entrada, a assinalada aparição, que sonhara fazer em cenários onde chegaria rico, riquíssimo, com prata para presentear, ele, um neto daqueles que — "com uma mão na frente e outra atrás", como se diz — de lá tinham saído para buscar fortuna nas terras da América.

Mas eis que na hospedaria de onde saem, toda manhã, as tropas de mulas que fazem a viagem a Jaruco, chamou sua atenção um negro livre, hábil nas artes da almofaça e da tosa, que, nas horas de folga que lhe restam depois do trato dos animais, desfere um rasgado num violão furreca, ou, quando lhe dá na veneta, canta irreverentes quadras que falam de padres garanhões e pererecas sapecas, acompanhando-se ao tambor, ou, às vezes, marcando o ritmo dos estribilhos com um par de toletes naúticos cujo som, ao entrechocar-se, é o mesmo que se ouve — martelo com metal — na oficina dos prateiros mexicanos. O viajante, para aliviar sua impaciência por prosseguir a navegação, senta-se para escutá-lo, toda tarde, no pátio das mulas. E pensa que, nos dias de hoje, quando é moda ricos senhores terem pajens negros — parece que esses mouros já são vistos nas capitais da França, da Itália, da Boêmia, e até na distante Dinamarca, onde as rainhas, como se sabe, mandam assassinar seus esposos com venenos que, qual música de infernal poder, penetrarão seus ouvidos —, não lhe cairia mal levar consigo o cavalariço, ensinando-lhe, naturalmente, certos modos que parece desconhecer. Pergunta ao estalajadeiro se o sujeito é moço honrado, de boa doutrina e exemplo, e lhe respondem que não há melhor em toda a vila, e que, além do mais, sabe ler, consegue escrever cartas pouco difíceis, e dizem que consegue até ler partituras.

Entabula, então, uma conversa com Filomeno — pois esse é o nome do cavalariço — e inteira-se de que ele é bisneto de um tal de negro Salvador que foi, há um século, protagonista de tão célebre façanha que um poeta do país, chamado Silvestre de Balboa, cantou-o numa longa e bem rimada ode, intitulada "Espejo de Paciencia…" "Um dia…", conforme narra o moço, "lançou âncoras às águas de Manzanillo, lá onde uma interminável cortina de árvores praieiras costuma esconder o mal que possa vir do mar, um bergantim sob o comando de Gilberto Girón, herege francês daqueles que não acreditam em Virgens nem em Santos, capitão de uma caterva de luteranos, aventureiros de toda laia, dos muitos que, sempre prontos a meter-se em empresas de ataques, contrabandos e rapinas, andavam a transumar malfeitorias por diversas paragens do Caribe e da Flórida. Soube o desalmado Girón que nas fazendas de Yara, a algumas léguas da costa, encontrava-se, em visita a sua diocese, o bom Frei Juan de las Cabezas Altamirano, bispo dessa ilha outrora chamada Fernandina — porque, quando a avistou pela primeira vez o Grande Almirante Dom Cristóvão, reinava na Espanha um Rei Fernando que tanto montava quanto a Rainha, assim diziam as pessoas de outras épocas, talvez por ser dever de Rei montar Rainha, mas nesses rolos de alcova ninguém, no fim das contas, sabe quem monta quem, pois essa história de o varão montar ou ser montado é um assunto que…" "Prossiga a sua história em linha reta, rapaz", interrompe o viajante, "e não se meta em curvas nem em transversais; pois para tirar a limpo uma verdade são necessárias muitas provas e contraprovas." "Farei isso", diz o moço. E com os braços levantados e agitando as mãos como títeres, com os polegares e os mínimos movidos quanto bracinhos, continua a narração do sucedido com tanta vivacidade quanto qualquer bululu engenhoso ao tirar personagens de trás das costas e montá-los no palco de seus ombros. ("Assim contam alguns feirantes nos mercados do México", pensava o viajante, "a grande história de Montezuma e Hernán Cortés.") Inteira-se, pois, o huguenote de que o Santo Pastor da Fernandina pernoitava em Yara, e sai à sua procura, à frente de seus sequazes, com o perverso ânimo de capturá-lo e exigir alto resgate por sua pessoa. Chega ao povoado de madrugada, encontra os moradores dormindo, apodera-se do virtuoso prelado sem reverência nem maiores considerações, e exige, em troca de sua liberdade, um tributo — coisa enorme para essa pobre gente — de duzentos ducados em dinheiro, cem arrobas de carne e toucinho e mil couros de boi, além de outras coisas menores, reclamadas pelos vícios e bestialidades de tais piratas. Reúnem os atribulados moradores o fixado pela exorbitante demanda, e devolve-se o Bispo a sua paróquia, onde é recebido com grandes festejos e alegria — "dos quais depois se falará com mais vagar", adverte o moço, antes de enrouquecer a voz e franzir o cenho para entrar na segunda parte, bem mais dramática, do relato... Furioso ao inteirar-se do ocorrido, um bizarro Gregório Ramos, capitão "com arrojo de Paladino Roland", resolve que o francês não irá se dar bem, nem se aproveitar do butim, malganho com tanta facilidade. Junta rapidamente uma cambada de homens peitudos e colhudos e, à frente deles, dirige-se a Manzanillo com o propósito de travar batalha com o pirata Girón. Ia na tropa gente com espada de boa têmpera, alabardas, bota-fogos e espingardas, os demais portando, todavia, o que de melhor tivessem encontrado para ir à luta, por não ser seu ofício o das armas: este levava um ferro de videira amolado, junto daquele que só pôde conseguir uma lança embolorada; aquele erguia um aguilhão de vaqueiro ou um chuço de lavoura, levando um couro de peixe-boi à guisa de broquel. Também iam vários índios nabori,* prontos para lutar de acordo com as manhas e os costumes de sua nação. Mas ia, sobretudo — sobretudo! —, no esquadrão movido por heróico empenho, *ele*, *esse*, *Aquele* (e tirou o chapéu palhiço de bordas reviradas o narrador), a quem o poeta Silvestre de Balboa haveria de cantar em especial estrofe:

> *Andava entre os nossos, diligente*
> *um certo etíope digno de elogio,*
> *chamado Salvador, negro valente,*
> *desses que Yara tem no lavradio,*
> *filho de Golomón, velho prudente:*
> *e que, ao ver Girón andar com brio,*
> *machete e lança em punho, impetuoso,*
> *contra ele se lança feito leão furioso.***

Penoso e prolongado foi o combate. Pelado ia ficando o negro, com tal força o rasgavam as furiosas facadas do luterano, bem defendido por sua cota de fatura normanda.

*Nos primeiros tempos da conquista da América, índios recrutados para prestar serviços pessoais aos espanhóis. (N. T.)
**No original: *"Andaba entre los nuestros diligente/ un etiope digno de alabanza,/ llamado Salvador, negro valiente,/ de los que tiene Yara en su labranza,/ hijo de Golomón, viejo prudente:/ el cual, armado de machete y lanza,/ cuando vio a Girón andar brioso,/ arremete contra él como león furioso."* (N. T.)

Mas, depois de enganá-lo, sufocá-lo, cansá-lo, acossá-lo, com manhas como as que se usam nas vaquejadas de gado bravio, o valoroso Salvador:

...tirou o corpo e o alvejou em cheio,
a lança transpassando-lhe o peito.

Oh, Salvador crioulo, negro honrado!
Voe tua fama, e nunca fique à míngua;
que em louvação de tão bravo soldado
*é bom que não se cansem pena e língua!**

Cortada é depois a cabeça do pirata e cravada na ponta de uma lança para que todos, no caminho, saibam de seu fim miserável, antes de ser baixada no ferro de um punhal que lhe adentra a goela até a empunhadura — com cujo troféu chega-se, em arroubo de vencedores, à ilustre cidade de Bayamo. Pedem os moradores, aos gritos, que se conceda ao negro Salvador, como prêmio por sua valentia, a condição de homem livre, que ele muito fez por merecê-la. Concedem as autoridades a mercê. E, com o regresso do Santo Bispo, a festa se alastra pelo povoado. E é tanto o contentamento dos velhos, e o alvoroço das mulheres, e a algaravia das crianças, que, sentido por não ter sido convidado para a festança, contempla-a, das frondes de goiabeiras e canaviais, um público (diz Filomeno, ilustrando sua enumeração com gestos descritivos de indumentária, cornos e atributos) de sátiros, faunos, silvanos, semicapros, centau-

---

*No original: *"...hizose afuera y le apuntó derecho,/ metiéndole la lanza por el pecho.// ¡Oh, Salvador criollo, negro honrado!/ ¡Vuele tu fama, y nunca se consuma;/ que en alabanza de tan buen soldado/ es bien que no se cansen lengua y pluma!"* (N. T.)

ros, náiades e até hamadríades "de anágua". (Essa história de semicapros e centauros que despontam nos goiabais de Cuba pareceu ao viajante um excesso imaginativo do poeta Balboa, que, no entanto, não deixou de admirar-se de que um negrinho de Regla fosse capaz de pronunciar tantos nomes oriundos de paganismos remotos. Mas o cavalariço, ufano de sua ascendência — orgulhoso por seu bisavô ter sido objeto de tão extraordinárias honrarias —, não punha em dúvida que nessas ilhas se tivessem visto seres sobrenaturais, mostrengos de mitologias clássicas, semelhantes aos muitos, de tez mais escura, que aqui continuavam habitando os bosques, fontes e cavernas — como já os haviam habitado nos reinos imprecisos e distantes de onde teriam vindo os pais do ilustre Salvador, que era, a seu modo, uma espécie de Aquiles, pois se não há Tróia presente é possível ser, guardadas as proporções, um Aquiles em Bayamo ou um Aquiles em Coyoacán, se notáveis forem os sucessos.) Mas agora, atropelando arremedos e onomatopéias, cantorias altas e baixas, palmas, gingados, e com golpes dados em caixas, potes, bátegas, manjedouras, resvalar de baquetas pelas traves do pátio, exclamações e sapateados, Filomeno tenta reviver o bulício das músicas ouvidas durante a festa memorável, que talvez tenha durado dois dias com suas noites, e cujos instrumentos foram enumerados pelo poeta Balboa em filarmônico inventário: flautas, flautas-de-pã e "rabecas, um cento"* ("Rípio de trovador pobre de rimas", pensa o viajante, "pois jamais alguém soube de

---

*Referência à seguinte passagem de "Espejo de Paciencia", onde se encontra a rima aludida: *"Después que la silvestre compañía/ Hizo al Santo Pastor su acatamiento,/ [...]/ Al son de una templada sinfonía,/ Flautas, zampoñas, y rabeles ciento,/ Delante del Pastor iban danzando [...]".* (N. T.)

sinfonias de cem rabecas, nem mesmo na corte do Rei Felipe, tão aficionado à música, como se diz, que nunca viajava sem levar consigo um órgão de madeira que, nos pousos para descanso, era tocado pelo cego Antonio de Cabezón"), cornetins, adufes, pandeiros, pandeiretas e timbales, e até umas *tipinaguas*, daquelas que os índios fazem com cabaças — porque, naquele universal concerto, mesclaram-se músicos de Castela e das Canárias, crioulos e mestiços, naboris e negros. "Brancos e pardos misturados em semelhante pândega?", pergunta-se o viajante. "Impossível harmonia! Jamais se viu um disparate desses, pois mal conseguem amaridar-se as velhas e nobres melodias do romance, as sutis mudanças e diferenças dos bons maestros, com a bárbara algaravia que os negros armam quando pegam nos guizos, chocalhos e tambores!... Aquela daria em infernal cincerrada, e que grande embusteiro deve ter sido esse tal de Balboa!" Mas também pensa — e agora mais do que nunca — que não haveria melhor sujeito do que o bisneto de Golomón para herdar as moedinhas do finado Francisquillo, e certa manhã, feitas a Filomeno as propostas de entrar a seu serviço, o forasteiro o faz provar uma casaca vermelha que lhe cai magnificamente bem. Depois põe nele uma peruca branca, que o torna mais preto do que já é. Com os calções e as meias claras se dá muito bem. Quanto aos sapatos de fivela, seus joanetes resistem um bocado, mas logo vão se acostumar... E, dito o que havia para ser dito, tudo acertado com o estalajadeiro, sai o Amo, toucado com o *jarano*,* rumo ao embarcadouro de Regla, naquele amanhecer de setembro, seguido pelo negro, que alça sobre

---

*Chapéu de feltro usado na América, branco, de abas largas e copa baixa, rodeada por um cordão com pontas rematadas em borlas. (N. T.)

sua cabeça uma sombrinha de tecido azul com franjas prateadas. O serviço do café da manhã com xícaras grandes e xícaras pequenas, todas de prata, a bacia e o urinol, a seringa dos clisteres — também de prata —, o jogo de caneta e tinteiro e o estojo das navalhas, o relicário da Virgem e o de são Cristóvão, protetor dos andarilhos e dos navegantes, vêm em caixas, seguidas de outra caixa que guarda os tambores e a viola de Filomeno, carregadas no lombo de escravos aos quais o criado, carrancudo sob o escasso resguardo de um tricorne acharoado, apura o passo, gritando nomes feios em dialeto nativo.

III.

Neto de gente nascida em algum lugar situado entre Colmenar de Oreja e Villamanrique del Tajo e que, por isso mesmo, havia contado maravilhas dos lugares deixados para trás, o Amo imaginava que Madri era outra coisa. Triste, desdourada e pobre parecia-lhe essa cidade, depois de ter crescido entre as pratas e *tezontles* do México. Afora a Plaza Mayor, tudo aqui era estreito, sebento e mirrado, quando se pensava na amplidão e nos ornamentos das ruas de lá, com suas portadas de azulejos e balcões levados em asas de querubins, entre cornucópias que tiravam frutas da pedra e letras enlaçadas por pâmpanos e heras que, em tabuletas de fina pintura, apregoavam os méritos das joalherias. Aqui, as hospedarias eram ruins, com o cheiro de óleo rançoso que se infiltrava nos quartos, e em muitas pousadas não se podia descansar à vontade em razão do rebuliço que armavam nos pátios os saltimbancos, clamando os versos de uma loa, ou metidos em gritarias de imperadores romanos, a alternar togas de lençol e de cortina com trajes de bobos e biscainhos, cujos entremezes eram acompanhados de músicas que, se muito divertiam o negro por sua novidade, muito desagradavam ao Amo pela desafinação. Da cozinha, nem se fale: diante das almôndegas apresentadas, da monotonia das merluzas, evocava o mexicano a sutileza dos peixes *guachinangos* e as pompas do *guajolote** vestido de molhos escuros com aroma de chocolate e ardores de mil pimentas; diante dos repolhos de cada dia, dos feijões insossos, do grão-de-bico e da couve, cantava o negro os méritos do abacate pescoçudo e tenro, dos tubérculos de inhame que, orvalhados de vinagre, salsinha e alho, vinham às mesas de seu país, escoltados por caranguejos cujas bocas de carnes leonadas tinham mais sustança que os lombinhos destas terras. De dia, andavam entre tavernas de bom vinho e livrarias, principalmente, onde o Amo adquiria tomos antigos, de belas capas, tratados de teologia, daqueles que sempre enfeitam uma biblioteca, sem poder se divertir com nada. Certa noite, foram atrás de putas numa casa onde os recebeu uma patroa obesa, de nariz chato, vesga, leporina, bexiguenta, com o pescoço envolto em papeiras, cujo amplo traseiro, movido a um palmo e meio do chão, parecia o de uma anã gigante. Desatou a orquestra de cegos a tocar um minueto com ares lagarteranos** e, chamadas pelos nomes, surgiram Fílis, Clóris e Lucinda, vestidas de pasto-

---

*Vocábulos náuatles: *guachinango* designa, em Cuba e no México, um apreciado peixe marinho, de corpo tirante a vermelho e olhos em tom vermelho vivo. *Guajolote* é o conhecido peru. (N. T.)

**De Lagartera, cidade da província espanhola de Toledo. (N. T.)

ras, seguidas por Isidra e pela Catalana, que acabavam de engolir às pressas uma merenda de pão com azeite e cebola, compartilhando um odre de Valdepeñas para ajudar a descer o último bocado. Naquela noite bebeu-se a valer, contou o Amo suas andanças de mineiro pelas terras de Taxco, e bailou Filomeno as danças de seu país no compasso de uma toada cantada por ele, em cujo estribilho falava-se de uma cobra com olhos que pareciam velas e dentes que pareciam alfinetes. A casa permaneceu fechada, para maior folgança dos forasteiros, e as horas já deviam beirar o meio-dia quando ambos voltaram à hospedaria, depois de almoçar alegremente com as putas. Se Filomeno, porém, deleitava-se com a lembrança de seu primeiro festim de carne branca, o Amo, seguido por uma choldra de mendigos assim que aparecia em ruas onde já se conhecia a pinta de seu jarano com recamos de prata, não parava de se queixar da baixeza dessa vila tão exaltada — coisa pouca, na verdade, em vista do que permanecera na outra margem do Oceano — onde um cavalheiro de tal mérito e porte precisava aliviar-se com putas, por não encontrar senhora de condição que lhe abrisse as cortinas de sua alcova. Aqui, as feiras não tinham o colorido nem a animação das de Coyoacán; os bazares eram pobres em objetos e em artesanato, e os móveis que alguns ofereciam tinham um estilo solene e triste, para não dizer fora de moda, apesar de suas madeiras de lei e dos couros lavrados; os torneios de canas eram ruins, porque faltava coragem aos ginetes, e ao desfilar em abertura de justa não levavam os cavalos num passo esquipado parelho, nem sabiam se lançar a todo galope rumo ao palanque das tribunas, freando o corcel com as quatro ferraduras quando o desastre de um encontrão já parecia inevitável. Quanto aos autos sacramentais em tablados de rua, estavam em franca decadência, com seus diabos de chifres acabanados, seus Pilatos afônicos, seus santos com auréolas mordidas pelos ratos. Passavam-se os dias e o Amo, apesar de todo o dinheiro que trazia, começava a ficar tremendamente entediado. E, certa manhã, tão entediado sentiu-se que resolveu abreviar sua estância em Madri para chegar o quanto antes à Itália, onde as festas carnavalescas, que começavam no Natal, atraíam gente de toda a Europa. Como Filomeno parecia estar enfeitiçado com os chamegos de Fílis e de Lucinda que, na casa da anã gigante, fantasiavam com ele numa ampla cama rodeada de espelhos, recebeu com desgosto a idéia da viagem. Mas tanto lhe disse o Amo que essas fêmeas daqui eram só rebotalho, uma miséria ao lado de tudo o que encontraria no âmbito da Cidade Pontifícia, que o negro, convencido, fechou as caixas e envolveu-se na capa de cocheiro recém-comprada. Descendo em direção ao mar, em breves jornadas que os levaram a dormir nas pousadas brancas — cada vez mais brancas — de Tarancón ou de Minglanilla, o mexicano tratou de entreter seu criado com a história de um fidalgo louco que andara por estas bandas, e que, em certa ocasião, acreditara que uns moinhos ("como o que você pode ver ali...") eram gigantes. Filomeno afirmou que tais moinhos em nada se pareciam com gigantes, e que gigantes de verdade havia alguns, na África, tão grandes e poderosos que brincavam à larga com raios e terremotos... Quando chegaram a Cuenca, o Amo observou que essa cidade, com sua rua principal montada no espinhaço de uma encosta, era pouca coisa ao lado de Guanajuato, que também tinha uma rua semelhante, rematada por uma igreja. Valência agradou-os porque lá encontravam novamente um ritmo de vida, sem grandes preocupações com relógios, que os lembrava do "não faça amanhã o que pode deixar para depois de amanhã" de suas terras de *atoles* e molhos de pimenta. E então, depois de subir por caminhos de onde sempre se avistava o mar, chegaram a Barcelona, alegrando o ouvido com o som de muitas charamelas e atabales, ruído de guizos, gritos de "aparta", "aparta", de cavalarianos que saíam da cidade. Viram as naus que, na praia, ao recolher as velas, revelavam-se repletas de flâmulas e galhardetes a tremular ao vento, e beijavam e varriam a água. O mar alegre, a terra aprazível, o ar claro, pareciam infundir e gerar um súbito contentamento em toda a gente. "Parecem formigas", dizia o Amo, olhando, da coberta do barco que amanhã navegaria para a Itália, os embarcadouros. "Se deixarem, vão levantar edifícios tão altos que arranharão as nuvens." A seu lado, Filomeno, em voz baixa, rezava para uma Virgem de rosto negro, padroeira dos pescadores e navegantes, para que a travessia fosse boa e se chegasse com saúde ao porto de Roma que, em sua idéia, sendo cidade importante, devia elevar-se às margens do Oceano, com um bom cinturão de arrecifes para protegê-la dos ciclones — ciclones que arrancariam os sinos de São Pedro, a cada dez anos, mais ou menos, como acontecia em Havana com a igreja de São Francisco e a do Espírito Santo.

IV.

Em cinza de água e céus enevoados, não obstante a suavidade daquele inverno; sob o acinzentado de nuvens matizadas de sépia que se pintavam, embaixo, sobre as amplas, fofas, arredondadas ondulações — indolentes em seus vaivéns sem espuma — que se abriam ou se misturavam ao serem devolvidas de uma a outra margem; entre os esfuminhos de aquarela muito aguada que esbatiam o contorno de igrejas e palácios, com uma umidade que se definia em tons de alga sobre as escadarias e os atracadouros, em chuviscados reflexos sobre o empedrado das praças, em nevoentas nódoas postas ao longo das paredes lambidas por pequenas ondas silenciosas; entre esvaecimentos, surdinas, luzes ocres e tristezas de mofo à sombra das pontes abertas sobre a quietude dos canais; ao pé dos ciprestes que pareciam árvores mal esboçadas; entre cinzentos, opalescências, matizes crepusculares, sanguinas apagadas, fumaças de um azul pastel, tinha estourado o carnaval, o grande carnaval da Epifania, em amarelo-laranja e amarelo-tangerina, em amarelo-canário e em verde-rã, em vermelho-romã, vermelho de pisco-de-peito-ruivo, vermelho de caixas chinesas, trajes axadrezados em anil, e açafrão, laços e rosetas, listras de pirulito e de pau de barbearia, bicórnios e plumagens, furta-cor de sedas metido em turbamulta de cetins e fitas, turquices e mamarrachos, com tal estridor de címbalos e matracas, de tambores, pandeiros e cornetas, que todas as pombas da cidade, num só vôo que por segundos enegreceu o firmamento, debandaram para margens distantes. De repente, com sua sinfonia somada à de bandeiras e estandartes, acenderam-se as lanternas e faróis dos navios de guerra, fragatas, galeras, barcaças mercantis, goletas pesqueiras, com tripulações fantasiadas, enquanto surgia, feito uma pérgula flutuante, todo remendado com tábuas desparelhas e aduelas de barril, avariado, mas ainda vistoso e altaneiro, o último bucentauro da Sereníssima República, tirado de seu abrigo, naquele dia de festa, para dispersar as chispas, foguetórios e rojões de um fogo de artifício coroado de girândolas e meteoros... E todo o mundo, então, mudou de cara. Máscaras de alvaiade, todas iguais, petrificaram os rostos dos homens de condição, entre a laca dos chapéus e a gola do tabardo; mascarilhas de veludo escuro ocultaram o semblante, vivo apenas em lábios e dentes, das rebuçadas com sapatos de bico fino. Quanto ao povo, à marujada, ao pessoal da verdura, do filhó e do peixe, do sabre e do tinteiro, do remo e da vara, houve uma transfiguração geral que ocultou as peles louçãs ou enrugadas, o esgar do enganado, a impaciência do enganador ou as luxúrias do bolinador, sob o papelão pintado das caraças de mongol, de morto, de Rei Veado, ou daquelas outras que ostentavam narizes bêbados, bigodes de feitio berbere, barbas de cartuxos, chifres de bodes. Mudando a voz, as damas decentes se livravam de todas as obscenidades e palavras sujas que tinham guardado na alma durante meses, ao passo que os maricas, vestidos à moda mitológica ou usando vasquinhas espanholas, aflautavam o tom de cantadas que nem sempre caíam no vazio. Cada um falava, gritava, cantava, apregoava, afrontava, oferecia, cortejava, insinuava, com voz que não era a sua, entre o retábulo dos fantoches, o palco dos comediantes, a cátedra do astrólogo ou o mostruário do vendedor de ervas de benquerença, elixires para aliviar a dor nas cadeiras ou devolver o brio aos anciãos. Agora, durante quarenta dias, as lojas ficariam abertas até a meia-noite, sem falar das muitas que não fechariam as portas nem de dia nem de noite; continuariam a dançar os micos do realejo; continuariam a oscilar as cacatuas amestradas em seus balanços de filigrana; continuariam a cruzar a praça, sobre um arame, os equilibristas; continuariam em seus ofícios os adivinhos, as cartomantes, os mendigos e as putas — únicas mulheres de rostos descobertos, cabais, apreciáveis em tais épocas, já que cada um queria saber, em caso de transação, o que haveria de levar às pousadas próximas em meio ao universal fingimento de personalidades, idades, ânimo e figuras. Sob as luminárias acenderam-se as águas da cidade, em canais grandes e canais pequenos, que agora pareciam mover nas profundezas as luzes de trêmulos lampiões submersos.

Para descansar do barulho e dos empurrões, da sarabanda da multidão, da zonzeira das cores, o Amo, vestido de

Montezuma, entrou na Bottega di Caffé de Victoria Ardui-no, seguido pelo negro, que não vira necessidade de fanta-siar-se ao perceber a que ponto parecia máscara sua cara natural entre tantas antefaces brancas que davam, aos que as usavam, um meio rosto de estátua. Já estava sentado ali, numa mesa do fundo, o Padre Ruivo, de hábito cortado na melhor fazenda, avançando seu longo nariz curvo entre os caracóis de um penteado natural que, no entanto, parecia ter um ar de peruca chovida. "Como nasci com esta másca-ra não vejo necessidade de comprar outra", disse, rindo. "Inca?", perguntou depois, apalpando as miçangas do im-perador asteca. "Mexicano", respondeu o Amo, desatando a contar uma longa história que ao frade, com os cascos cheios de vinho, pareceu a história de um rei de escarave-lhos gigantes — tinha algo de escaravelho, de fato, a coura-ça verde, escamada, refulgente, do narrador —; que, pen-sando bem, vivera, não havia muito tempo, entre vulcões e templos, lagos e *teocallis*,* dono de um império que lhe fo-ra arrebatado por um punhado de espanhóis ousados, com a ajuda de uma índia, apaixonada pelo chefe dos invasores. "Bom tema; bom tema para uma ópera...", dizia o frade, pensando, de imprevisto, nos palcos com seus engenhos, alçapões, levitações e máquinas, onde montanhas fume-gantes, aparições de monstros e terremotos com desmoro-namento de edifícios fariam o maior efeito, já que aqui se contava com a ciência de mestres maquinistas capazes de imitar qualquer portento da natureza, e até de fazer voar um elefante vivo, como se vira recentemente num grande

*Em náuatle, literalmente, "casa de Deus", templo. (N. T.)

espetáculo de mágica. E o outro continuava a falar de feitiçarias de *teules*,* de sacrifícios humanos e coros de noites tristes, quando apareceu o espirituoso saxão, amigo do frade, vestido com as roupas de sempre e seguido pelo jovem napolitano, discípulo de Gasparini, que, suarento, tirou a máscara e mostrou o semblante astuto e fino que sempre se alegrava em risos ao contemplar o rosto escuro de Filomeno: "Oi, Jugurta...". Mas o saxão estava de péssimo humor, afogueado de raiva — e também, é claro, por alguns claretes a mais — porque um truão coberto de cincerros tinha mijado em suas meias, fugindo a tempo de esquivar-se de uma bofetada que, ao cair na bunda de um maricas, levara a vítima a dar a outra face, pensando que o afago fosse a sério. "Calma", disse o Padre Ruivo. "Já soube que esta noite a Agripina fez mais sucesso do que nunca." "Um triunfo!", disse o napolitano, vertendo um copo de aguardente dentro de seu café. "O Teatro Grimani estava lotado." Muito sucesso, talvez, pelos aplausos e ovações finais, mas o saxão não conseguia se acostumar com esse público: "É que aqui ninguém leva nada a sério". Entre canto de soprano e canto de *castrati*, era um ir-e-vir de espectadores chupando laranjas, espirrando rapé, tomando refrescos, desarrolhando garrafas, isso quando não começavam a jogar baralho no auge da tragédia. Sem falar dos que fornicavam nos camarotes — camarotes muito cheios de fofos coxins —, tanto que, nessa noite, durante o patético recitativo de Nero, uma perna de mulher com a meia enrolada até o tornozelo surgira sobre o veludo encarnado de um parapeito e deixa-

*Do náuatle *teotl* ou *teutl*, "deus": nos tempos coloniais, espanhol que chegava à América. (N. T.)

ra cair um sapato no meio da platéia, para grande regozijo dos espectadores, repentinamente esquecidos de tudo que se passava no palco. E, sem ligar para as gargalhadas do napolitano, Georg Friedrich pôs-se a elogiar as pessoas que, em sua pátria, ouviam música como se estivessem na missa, emocionando-se diante do nobre desenho de uma ária ou apreciando, com seguro entendimento, o magistral desenvolvimento de uma fuga... Um aprazível tempo transcorreu entre piadas, comentários, bisbilhotices sobre este e aquele e o relato da história de como uma cortesã, amiga da pintora Rosalba ("Eu a tracei ontem à noite", disse Montezuma), tinha depenado, sem dar nada em troca, um rico magistrado francês; entrementes, sobre a mesa, haviam desfilado vários frascos pançudos, envoltos em palhas coloridas, de um tinto suave, daqueles que não deixam crostas roxas nos lábios, mas que deslizam, descem e sobem, com exultante facilidade. "Este é o mesmo vinho bebido pelo Rei da Dinamarca, que se aproveita da grande farra do carnaval, incógnito, claro, sob o nome de Conde de Olemborg", disse o Ruivo. "Não pode haver reis na Dinamarca porque lá tudo está podre, os reis morrem em razão de uns venenos que lhes deitam nos ouvidos, e os príncipes ficam loucos, tantos são os fantasmas que surgem nos castelos, e acabam por brincar com caveiras como meninos mexicanos em Dia de Finados..." E como a conversa, agora, derivava para chochas divagações, cansados do alarido da praça que os obrigava a falar aos gritos, atordoados pela passagem das máscaras brancas, verdes, pretas, amarelas, o ágil frade, o saxão de cara vermelha e o risonho napolitano pensaram na possibilidade de isolar-se da festa nalgum lugar onde pudessem

fazer música. E pondo-se em fila, levando a modo de que-
bra-mar e carranca de proa o sólido tedesco seguido por
Montezuma, começaram a sulcar a agitada multidão, parando apenas, a trechos, para passar de mão em mão uma
garrafa de Chartreuse que Filomeno levava pendurada ao
pescoço por uma fita de cetim — arrebatada, de passagem,
a uma vendedora de peixe enfurecida que o insultara com
tal riqueza de impropérios que ali os qualificativos de *coglio-
ne* e filho de uma grandessíssima puta acabavam por ficar
entre os mais leves do repertório.

V.

Desconfiada, apontou o rosto ao postigo a freira *tornera*,* o semblante transfigurado de prazer ao avistar a cara do Ruivo: "Oh! Divina surpresa, mestre!". E rangeram as dobradiças da portinhola e entraram os cinco no Ospedale della Pietà, todo em sombras, em cujos longos corredores ressoavam, a intervalos, como se trazidos por uma brisa intermitente, os ruídos distantes do carnaval. "Divina surpresa!", repetia a freira, ao acender as luzes da grande Sala de Música que, com seus mármores, astrágalos e grinaldas, com suas muitas cadeiras, cortinas e dourados, seus tapetes, suas pinturas de tema bíblico, parecia um teatro sem palco ou uma igreja com poucos altares, num ambiente ao mesmo tempo conventual e mundano, ostentoso e secreto. Ao

---

*De *torno*, caixa giratória que se instalava na portaria de certos conventos para que ali se depositasse o que se quisesse remeter para dentro; roda dos expostos. (N. T.)

fundo, lá onde uma cúpula se enfurnava em sombras, as velas e lâmpadas alongavam os reflexos de altos tubos de órgão, escoltados pelos tubos menores das vozes celestiais. E Montezuma e Filomeno se perguntavam por que tinham vindo a um lugar desses, em vez de ir atrás de uma farra onde houvesse fêmeas e copos, quando duas, cinco, dez, vinte figuras claras começaram a sair das sombras da direita e das penumbras da esquerda, rodeando o hábito do frade Antonio com as graciosas alvuras de suas camisas de holanda, robes, camisolas e toucas de renda. E vinham outras, e outras, ainda mais sonolentas e preguiçosas ao entrar, mas logo chilreantes e alvoroçadas, girando em torno dos visitantes noturnos, sopesando os colares de Montezuma e, sobretudo, olhando para o negro, cujas bochechas beliscavam para ver se não eram de máscara. E vinham outras, e outras, com perfumes nas madeixas, flores nos decotes, chinelas bordadas, até que a nave se encheu de rostos jovens — enfim, caras sem máscaras! —, sorridentes, iluminados pela surpresa, ainda mais alegres quando das despensas começaram a vir jarras de sangria e hidromel, vinhos da Espanha, licores de framboesa e mirabela. O Mestre — pois todas o chamavam assim — fazia as apresentações: *Pierina del violino... Cattarina del cornetto... Bettina della viola... Bianca Maria organista... Margherita del arpa doppia... Giuseppina del chitarrone... Claudia del flautino... Lucieta della tromba...* E como eram setenta, e o Mestre Antonio, por tudo que bebera, confundisse umas órfãs com outras, pouco a pouco seus nomes foram se reduzindo ao instrumento que tocavam. Como se as moças não tivessem personalidade, ganhando vida em som, apontava-as com o dedo: *Clavicémbalo... Viola da brazzo... Clarino... Oboe... Basso di gamba... Flauto... Organo di legno... Regale... Violino alla francese... Tromba marina... Trombone...* Dispuseram-se os atris, instalou-se o saxão, magistralmente, diante do teclado do órgão, experimentou o napolitano as vozes de um cravo, subiu ao podium o Mestre, apanhou um violino, levantou o arco e, com dois gestos enérgicos, desencadeou o mais formidável *concerto grosso* que os séculos jamais ouviram — ainda que os séculos não recordassem nada, o que é uma pena, pois aquilo era tão digno de ser ouvido quanto visto... Aceso o frenético *allegro* das setenta mulheres que sabiam, de tanto tê-los ensaiado, seus trechos de cor, Antonio Vivaldi investiu na sinfonia com fabuloso ímpeto, em jogo concertante, enquanto Domenico Scarlatti — pois era ele — desatou a fazer vertiginosas escalas no cravo, ao passo que Georg Friedrich Hændel entregava-se a deslumbrantes variações que atropelavam todas as normas do baixo-contínuo. "Dá-lhe, saxão do caralho!", gritava Antonio. "Você já vai ver, frade sacana!", respondia o outro, entregue a sua prodigiosa inventiva, enquanto Antonio, sem tirar os olhos das mãos de Domenico, que se dispersavam em arpejos e fiorituras, desfraldava arcadas do alto, como se as apanhasse no ar com brio cigano, mordendo as cordas, brincando com oitavas e notas duplas, com o infernal virtuosismo já conhecido por suas discípulas. E o movimento parecia ter chegado ao auge quando Georg Friedrich, ao soltar repentinamente os grandes registros do órgão, tirou os jogos de fundo, as mutações, o *plenum*, com tal investida nos tubos de clarins, trombetas e bombardas que ali começaram a soar as chamadas do Juízo Final. "O saxão está de sacanagem com a gente!", gritou Antonio, exasperando o *fortissimo*. "Nem dá pra me ouvir", gritou Domenico, exacerbando-se em acordes. Mas, nesse meio-tempo, Filomeno, que descerrara as cortinas, trouxe uma bateria de caldeirões de cobre, de todos os tamanhos, que começou a golpear com colheres, escumadeiras, batedeiras, rolos de pastel, fateixas, cabos de espanadores, com tais repentes de ritmos, de síncopes, de tons contrapostos que, pelo espaço de trinta e dois compassos, deixaram-no sozinho para que improvisasse. "Magnífico! Magnífico!", gritava Georg Friedrich. "Magnífico! Magnífico!", gritava Domenico, com entusiasmados cotovelões no teclado do cravo. Compasso vinte e oito. Compasso vinte e nove. Compasso trinta. Compasso trinta e um. Compasso trinta e dois. "Agora!", uivou Antonio Vivaldi, e todo mundo arrancou no *da capo*, com formidável impulso, arrebatando a alma aos violinos, oboés, trombones, rabecas, pianos de manivela, violas de gamba e tudo que pudesse ressoar na nave, cujos cristais vibravam, no alto, como que estremecidos por um escândalo do céu.

Acorde final. Antonio soltou o arco. Domenico fechou a tampa do teclado. Tirando do bolso um lenço de renda leve demais para tão ampla fronte, o saxão secou o suor. As pupilas do Ospedale prorromperam em enorme gargalhada, enquanto Montezuma fazia circular as taças de uma bebida que inventara, em grande transvasar de jarras e garrafas, misturando de tudo um pouco... Essa era a tônica quando Filomeno notou a presença de um quadro repentinamente iluminado por um candelabro trocado de lugar. Havia ali uma Eva, tentada pela Serpente. Mas o que dominava a pintura não era a Eva magriça e amarelada — por demais envolvida numa cabeleira inutilmente ciosa de um pudor inexistente em tempos ainda ignorantes de malícias carnais —, e sim a Serpente, corpulenta, listrada de verde, enrolada com três voltas no tronco da Árvore, e que, com olhos enormes, repletos de maldade, mais parecia oferecer a maçã aos que fitavam o quadro que a sua vítima, ainda indecisa — o que é compreensível, se considerarmos o que nos custou sua aquiescência — em aceitar a fruta que a levaria a parir com a dor de seu ventre. Filomeno aproximou-se lentamente da imagem, como se temesse que a Serpente pudesse pular para fora da moldura e, golpeando uma bandeja de som rouco, olhando para os presentes como se oficiasse uma estranha cerimônia ritual, começou a cantar:

— *Mamita, mamita,*
ven, ven, ven.
Que me come la culebra,
ven, ven ven.

— *Mírale lo sojo*
que parecen candela.
— *Mírale lo diente*
que parecen filé.

— *Mentira, mi negra,*
ven, ven, ven.
Son juego é mi tierra,
*ven, ven, ven.**

*"Mainha, mainha,/ vem, vem, vem./ Que a cobra tá me comendo,/ vem, vem, vem.// — Olha os óio dela,/ mais parecem vela./ — Olha os seus dente,/ parecem alfinetes.// — Mentira, minha nega,/ vem, vem, vem./ É um folguedo da minha terra,/ vem, vem, vem." (N. T.)

Aí, gesticulando como se fosse matar a serpe do quadro com uma enorme faca de trinchar, gritou:

— *La culebra se murió,*
Ca-la-ba-són,
Son-són.

Ca-la-ba-són,
Son-són. *

"*Cabala-sum-sum-sum*", fez coro com o estribilho Antonio Vivaldi, dando-lhe, por costume eclesiástico, uma inesperada inflexão de latim salmodiado. "*Cabala-sum-sum-sum*", acompanhou Domenico Scarlatti. "*Cabala-sum-sum-sum*", acompanhou Georg Friedrich Hændel. "*Cabala-sum-sum-sum*", repetiam as setenta vozes femininas do Ospedale, entre risos e palmas. E todos, seguindo o negro que agora batia na bandeja com um pilão, formaram uma fila, agarrados pela cintura, mexendo as cadeiras, na mais desconjuntada farândola que se possa imaginar — farândola que agora Montezuma guiava, girando um enorme candeeiro no cabo de uma vassoura, no compasso do refrão cem vezes repetido. "*Cabala-sum-sum-sum.*" Assim, em fila dançarina e serpeante, um atrás do outro, deram várias voltas na sala, passaram para a capela, deram três voltas no deambulatório e depois seguiram por corredores e passagens, subiram escadas, desceram escadas, percorrendo as galerias, até que se uniram a eles as freiras custódias, a irmã *tornera*, as fâ-

---

* "Essa cobra já morreu,/ Ca-la-ba-ção,/ Ção-ção.// Ca-la-ba-ção,/ Ção-ção." (N. T.)

mulas da cozinha, as faxineiras, tiradas de suas camas, logo seguidas pelo dizimeiro, pelo hortelão, pelo jardineiro, pelo sineiro, pelo barqueiro, e até pela boba do sótão, que deixava de ser boba quando de cantar se tratava — naquela casa consagrada à música e às artes de tanger, onde, dois dias antes, realizara-se um grande concerto sacro em homenagem ao Rei da Dinamarca... "Ca-la-ba-ção-ção-ção", cantava Filomeno, ritmando cada vez mais. *"Cabala-sum-sum-sum"*, respondiam o veneziano, o saxão e o napolitano. *"Cabala-sum-sum-sum"*, repetiam os demais, até que, rendidos de tanto girar, subir, descer, entrar, sair, voltaram todos ao redondel da orquestra e deixaram-se cair, rindo, sobre o tapete encarnado, ao redor das taças e garrafas. E depois de uma pausa bem abanada, passou-se à dança de estilo e figuras, sobre as peças da moda que Domenico começou a tirar do cravo, enfeitando as árias conhecidas com mordentes e trinados de grande efeito. Na falta de cavalheiros, pois Antonio não dançava e os demais descansavam no fundo das poltronas, formaram-se pares de oboé com tromba, *clarino* com *regale*, *cornetto* com viola, *flautino* com *chitarrone*, enquanto os *violini piccoli alla francese* concertavam-se em quadrilha com os trombones. "Todos os instrumentos agitados", disse Georg Friedrich. "É como se fosse uma sinfonia fantástica." Mas agora Filomeno, junto do teclado, com uma taça pousada sobre a caixa de ressonância, ritmava as danças esfregando uma chave num ralador de cozinha. "Diabo de negro!", exclamava o napolitano. "Quando quero marcar um compasso, ele me impõe o dele. Vou acabar tocando música de canibais." Parando de teclar, Domenico virou uma última taça na goela, e, agarrando pela cintura

Margherita da Harpa Dupla, perdeu-se com ela nos labirintos de celas do Ospedale della Pietà... Mas a aurora começou a pintar-se nas vidraças. As brancas figuras se aquietaram, guardaram seus instrumentos em estojos e armários com gestos desanimados, meio desconsoladas por voltar, agora, a seus ofícios cotidianos. Morria a alegre noite com a despedida do sineiro que, subitamente livre dos vinhos bebidos, dispunha-se a tocar matinas. As brancas figuras desapareciam, como almas de teatro, pela porta direita e pela esquerda. A irmã *tornera* apareceu com duas cestas repletas de tortas folhadas, queijos, pães de rosca e croissants, geléias de marmelo, castanhas carameladas e maçapães em forma de leitõezinhos rosados, por cima dos quais despontavam os gargalos de várias garrafas de vinho *romagnola*: "Para que tomem o café da manhã no caminho". "Vou levá-los em minha barca", disse o Barqueiro. "Estou com sono", disse Montezuma. "Estou com fome", disse o saxão. "Mas gostaria de comer onde houvesse calma, árvores, aves que não fossem as pombas comilonas da Praça, mais peitudas que as modelos de *la* Rosalba e que, se nos descuidarmos, acabam com as vitualhas do nosso café da manhã." "Estou com sono", repetia o fantasiado. "Deixe-se arrulhar pelo compasso dos remos", disse Padre Antonio... "O que você está escondendo aí, no acinturado do gabão?", perguntou o saxão a Filomeno. "Nada: uma pequena lembrança da Cattarina del Cornetto", respondeu o negro, apalpando o objeto que não definia direito sua forma, com a unção de alguém que roça a mão de um santo posta em relicário.

VI.

Da cidade, ainda sumida em sombras sob as nuvens cinzentas do lento amanhecer, vinham-lhes distantes algaravias de cornetas e matracas, trazidas ou levadas pela brisa. A folia continuava entre tavernas e tablados cujas luzes começavam a se apagar, sem que as máscaras tresnoitadas pensassem em refrescar suas fantasias que, na crescente claridade, iam perdendo a graça e o brilho. A barca, depois de longo e quieto vogar, aproximou-se dos ciprestes de um cemitério. "Aqui poderiam tomar o café da manhã tranqüilos", disse o Barqueiro, parando numa das margens. E para a terra passavam alcofas, cestas e garrafas. As lápides eram como as mesas sem toalha de um vasto café deserto. E o vinho *romagnola*, ao somar-se aos que já eram bebidos, voltou a dar uma festiva animação às vozes. O mexicano, tirado de seu sopor, foi convidado a narrar novamente a história de Montezuma que Antonio, na véspera, não ouvira direito, ensurdecido que estava pela algazarra das máscaras. "Magnífico para uma ópera!", exclamava o ruivo, cada vez mais atento ao narrador que, levado pelo impulso verbal, dramatizava o tom, gesticulava, mudava de voz em diálogos improvisados, e acabava por encarnar os personagens. "Magnífico para uma ópera! Não falta nada. Há trabalho para os maquinistas. Papel de destaque para a soprano — essa índia, apaixonada por um cristão — que poderíamos confiar a uma dessas formosas cantoras que..." "Já sabemos que essas não lhe faltam...", disse Georg Friedrich. "E há", prosseguia Antonio, "esse personagem de imperador vencido, de soberano desafortunado, que chora sua miséria com inflexões dilacerantes... Penso nos Persas, penso em Xerxes:

Sou eu, pois, "oh dor!
Oh, mísero! nascido
para arruinar minha raça
e minha pátria..."

"Deixe Xerxes comigo", disse Georg Friedrich, mal-humorado, "que eu me viro com isso." "Tem razão", disse o ruivo, apontando para Montezuma. "Este é um personagem mais novo. Verei como fazê-lo cantar um dia destes no palco de um teatro." "Um frade metido em tablados de ópera!", exclamou o saxão. "Só faltava essa para escangalhar de vez com esta cidade." "Mas, se eu fizer isso, vou tratar de não me deitar com Almiras nem com Agripinas, como fazem outros", disse Antonio, espichando o nariz agudo. "Muito obrigado pela parte que me toca..." "...É que estou ficando cansado dos assuntos batidos. Quantos Orfeus, quantos Apolos, quantas Ifigênias, Didos e Galatéias! É preciso procurar novos temas, ambientes diferentes, outros países, sei lá... Trazer a Polônia, a Escócia, a Armênia, a Tartária para os palcos. Outros personagens: Ginevra, Cunegundes, Griselda, Tamerlão ou Scanderbergh, o albanês que tantos sofrimentos causou aos malditos romanos. Novos ares estão soprando. Logo o público vai enjoar de pastores apaixonados, ninfas fiéis, cabreiros sentenciosos, divindades alcoviteiras, coroas de louros, peplos roídos por traças e púrpuras que já serviram na temporada passada." "Por que não inventa uma ópera sobre meu avô Salvador Golomón?", insinua Filomeno. "Esse sim, seria um assunto novo. Com cenário de marinhas e palmeiras." O saxão e o veneziano caíram na risada em tão jubiloso concerto que Montezuma tomou a defesa de seu fâmulo: "Não o acho tão extravagante: Salvador Golomón lutou contra alguns huguenotes, inimigos de sua fé, como Scanderbergh lutou pela própria. Se aos senhores parece bárbaro um crioulo nosso, igualmente bárbaro é um eslavão ali da frente" (e apontava para onde devia situar-se o Adriático, segundo a bússola de seu entendimento, muito desnorteada pelos tintos emborcados durante a noite). "Mas... quem é que já viu um negro como protagonista de uma ópera?", disse o saxão. "Os negros são bons para máscaras e entremezes." "Além disso, ópera sem amor não é ópera", disse Antonio. "E amor de negro com negra, seria motivo de riso; e amor de negro com branca, não é possível — pelo menos, no teatro." "Um momento... Um momento", disse Filomeno, que subia cada vez mais o diapasão da voz por conta do vinho *romagnola*. "Contaram-me que na Inglaterra faz grande sucesso o drama de um mouro, general de notáveis méritos, apaixonado pela filha de um senador veneziano... Um rival nos amores, com inveja de sua sorte, chega a lhe dizer que parece um bode preto montado numa ovelha branca — o que, diga-se de passagem, costuma dar primorosos cabritos malhados!" "Não me falem de teatro inglês", disse Antonio. "O Embaixador da Inglaterra..." "Muito meu amigo", destacou o saxão. "...o Embaixador da Inglaterra narrou-me umas peças levadas em Londres que são um horror. Nem em barracas de charlatães, nem em câmaras ópticas, nem em folhetos de cordel, jamais se viu nada parecido..." E deu-se, na alvorada que branqueava o cemitério, um arrepiante inventário de carnificinas, fantasmas de crianças assassinadas; alguém a quem um duque da Cornualha arranca os olhos à vista do público, pisoteando-os depois, no chão, à moda dos fandangueiros espanhóis; a filha de um general romano a quem arrancam a língua e cortam as duas mãos depois de violá-la, para no fim tudo acabar com um banquete em que o pai ofendido, maneta depois de uma machadada desferida pelo amante de sua mulher, disfarçado de cozinheiro, faz uma Rainha dos Godos comer um empadão recheado com a carne de seus dois filhos — sangrados pouco antes, como porcos em véspera de casório de aldeia..." "Que nojo!", exclamou o saxão. "E o pior é que no empadão fora usada a carne de seus rostos — narizes, orelhas e garganta —, como os tratados de artes incisórias recomendam que se faça com as peças de fina venatória..." "E uma Rainha dos Godos comeu isso?", perguntou Filomeno, capcioso. "Do mesmo modo que como este folhado", disse Antonio, mordendo o que acabara de apanhar — mais um — da cesta das freirinhas. "E há quem diga que isso é costume de negro!", pensava o negro, enquanto o veneziano, que ruminava uma lasca de focinho de javali em escabeche de vinagre, orégano e pimentão, deu alguns passos e parou, de repente, diante de uma tumba próxima para a qual olhava havia um tempinho, porque nela exibia-se um nome de sonoridade inusitada naquelas terras: "IGOR STRAVINSKY", disse, soletrando. "É verdade", disse o saxão, e soletrou, por sua vez. "Quis descansar neste cemitério." "Bom músico", disse Antonio, "mas, às vezes, muito antiquado em seus propósitos. Inspirava-se nos temas de sempre: Apolo, Orfeu, Perséfone — até quando?" "Conheço seu *Oedipus Rex*", disse o saxão. "Alguns acham que o final de seu primeiro ato — *Gloria, gloria, gloria, Oedipus uxor!* — parece música minha." "Mas... como foi que ele teve a insólita idéia de escrever uma cantata profana sobre um texto em latim?", disse Antonio. "Também tocaram seu *Canticum Sacrum* em San Marco", disse Georg Friedrich. "Aí se ouvem melismas de um estilo medieval que deixamos para trás há muitíssimo tempo." "É que esses mestres que chamam de avançados preocupam-se tremendamente em saber o que foi feito pelos músicos do passado — e até tentam, às vezes, remoçar seus estilos. Nisso, nós somos mais modernos. Eu não me importo picas em saber como eram as óperas, os concertos, de cem anos atrás. Faço minhas coisas, segundo meu real saber e entendimento, e basta." "Penso como você", disse o saxão, "...embora tampouco se deva esquecer que..." "Parem com essa merda", disse Filomeno, dando o primeiro trago na nova garrafa de vinho que acabara de desarrolhar. E os quatro voltaram a meter as mãos nas cestas trazidas do Ospedale della Pietà, cestas que, como as das cornucópias mitológicas, jamais se esvaziavam. Mas, na hora das geléias de marmelo e dos pães-de-ló das freiras, afastaram-se as últimas nuvens da manhã e o sol bateu em cheio sobre as lápides, deixando brancos resplendores sob o verde profundo dos ciprestes. Viu-se novamente, como se ampliado pela luz profusa, o nome russo que tão perto deles estava. E, enquanto o vinho fazia Montezuma cochilar outra vez, o saxão, mais acostumado a medir-se com a cerveja que com um tinto sangue de boi, ficava briguento e chato: "Stravinsky disse", lembrou-se de repente, pérfido, "que você escreveu seiscentas vezes o mesmo concerto." "Talvez", disse Antonio, "mas jamais compus uma polca circense para os elefantes de Barnum." "Vai que aparecem uns elefantes em sua ópera sobre Montezuma", disse Georg Friedrich. "Não há elefantes no México", disse o fantasiado, tirado de sua modorra pela enormidade do disparate. "No entanto, animais como esses aparecem, junto com panteras, pelicanos e papagaios, nas tapeçarias do Quirinal onde nos são mostrados os portentos das Índias", disse Georg Friedrich, com aquela insistência dos que perseguem uma idéia fixa nos eflúvios do vinho. "Boa música tivemos ontem à noite", disse Montezuma, para desviar os demais de uma querela tola. "Bah! Uma porcaria!", disse Georg Friedrich. "Eu diria que mais pareceu uma *jam session*", disse Filomeno com palavras que, por serem inusitadas, pareciam desvarios de ébrio. E, de repente, tirou do corpo do gabão, enrolado junto com as vitualhas, o misterioso objeto que de "lembrança" — dizia — lhe dera Cattarina del Cornetto: era um reluzente trompete ("e dos bons", destacou o saxão, versado no instrumento), que levou rapidamente aos lábios e, depois de experimentar sua embocadura, fez prorromper em estridências, trinados, glissandos, agudos lamentos, levantando com isso os protestos dos outros, pois para cá vieram em busca de calma, fugindo das bandinhas do carnaval; e além do mais aquilo não era música, e se fosse, seria totalmente impróprio tocá-la num cemitério, em respeito aos defuntos que tão quietos jazem sob a solenidade das lápides presentes. Então Filomeno — um tanto vexado com o pito — parou de assustar com seus repentes os pássaros da ilhota que, novamente donos de seu espaço, voltaram a seus madrigais e motetes em piscos-de-peito-ruivo maior. Mas agora, bem comidos e bebidos, cansados de discussões, Georg Friedrich e Antonio bocejavam em tão cabal contraponto que, vez por outra, riam do duo involuntariamente perfeito. "Parecem *castrati* em ópera-bufa", dizia o fantasiado. "*Castrati* é a mãe!", replicava o Padre, com o gesto um pouco impróprio para quem — embora nunca tivesse rezado uma missa, pois estava demonstrado que as fumaças do incenso lhe causavam sufocação e coceiras — era homem de tonsura e disciplina... Entrementes, alongavam-se as sombras de árvores e sepulcros. Nessa época do ano os dias eram mais curtos. "É hora de ir embora", disse Montezuma, imaginando que o crepúsculo se aproximava e que um cemitério no crepúsculo é sempre algo melancólico, que induz a meditações pouco prazerosas sobre o destino de cada um — como costumava fazer, em tais ocasiões, um príncipe da Dinamarca que apreciava brincar com caveiras, feito meninos mexicanos em Dia de Finados... No ritmo de remos metidos numa água tão quieta que mal ondulava dos lados da barca, vogaram lentamente rumo à Plaza Mayor. Encolhidos sob o toldinho com borlas, o saxão e o veneziano dormiam as fadigas da farra com tal contentamento nos semblantes que dava gosto vê-los. Às vezes seus lábios esboçavam palavras ininteligíveis, como quando se quer falar em sonhos... Ao passar diante do palácio Vendramin-Calergi, Montezuma e Filomeno notaram que várias figuras negras — cavalheiros de fraque, mulheres cobertas com véus à moda de antigas carpideiras — levavam, para uma gôndola preta, um ataúde com frios reflexos de bronze. "É de um músico alemão que morreu ontem de apoplexia", disse o Barqueiro, parando os remos. "Agora seus restos vão ser levados para sua pátria. Parece que escrevia óperas estranhas, enormes, de onde saíam dragões, cavalos voadores, gnomos e titãs, e até sereias postas para cantar no fundo de um rio. Imaginem! Cantar debaixo d'água! Nosso Teatro de la Fenice não tem artifícios nem máquinas suficientes para apresentar coisas como essas." As figuras negras, envoltas em gazes e crepes, pousaram o ataúde numa gôndola funerária que, ao impulso de pértigas solenemente movidas, começou a navegar para a estação de trem, onde, resfolegante entre brumas, a locomotiva de Turner a aguardava com seu olho de ciclope já aceso... "Estou com sono", disse Montezuma, subitamente abatido por enorme cansaço. "Estamos chegando", disse o Barqueiro "E sua Hospedaria tem entrada pelo canal." "É ali que encostam as chalanas do lixo", disse Filomeno, a quem um novo sorvo de tinto dera um ânimo rancoroso, em razão do pito no cemitério. "Obrigado, de qualquer modo", disse o *indiano*,* fechando os olhos com tão pesadas pálpebras que mal percebeu que o tiravam da barca, subiam-no por uma escada, desnudavam-no, deitavam-no e chegavam-lhe as cobertas, ajeitando vários travesseiros sob sua cabeça. "Estou com sono", ainda murmurou. "Vá dormir, você também." "Não", disse Filomeno. "Vou com meu trompete para onde eu possa agitar..." Lá fora, a festa prosseguia. Acionando seus martelos de bronze, davam a hora os "*mori*" da Torre do Orologio.

---

*Desde os tempos coloniais o termo designa, em geral, o descendente de imigrantes nascido na América, e, em particular, o espanhol que fez fortuna na América e retornou à Espanha. (N. T.)

VII.

E os *"mori"* da Torre do Orologio voltaram a dar as horas, atentos a seu já antigo ofício de medir o tempo, embora hoje lhes coubesse martelar entre acinzentados de outono, envoltos numa chuva neblinosa que, desde o amanhecer, punha em surdina as vozes do bronze. Ao chamado de Filomeno, o Amo saiu de um longo sono — tão longo que parecia coisa de anos. Já não era o Montezuma da véspera, pois usava um felpudo camisolão de dormir, touca de dormir, meias de dormir, e o traje da noite anterior não estava mais na poltrona onde talvez o tivesse deixado — ou o tivessem posto — com os colares, as plumas e as sandálias de correias douradas que tanto luzimento tinham dado a sua pessoa. "Levaram a fantasia para vestir o *Signor* Massimiliano Miler", disse o negro, tirando roupas do armário. "E se apresse, pois o último ensaio já vai começar, com luzes, maquinismos e tudo o mais…" Ah! Sim! Claro! Os pães-de-ló molhados em vinho de Malvasia refrescaram sua memória. O criado barbeou-o prontamente e, já feito um cavalheiro, desceu as escadas da hospedaria, ajustando as abotoaduras nos punhos de renda. Ouviram-se novamente os martelos dos *"mori"* — "meus irmãos", chamava-os Filomeno —, mas agora o som de seus martelos confundiu-se com o das pressurosas marteladas dos maquinistas do Sant'Angelo que, atrás do pano de boca de veludo encarnado, acabavam de dispor o grande cenário do primeiro ato. Afinavam cordas e trompas os músicos da orquestra, quando o indiano e seu criado instalaram-se na penumbra de um camarote. E, de súbito, findaram as marteladas e as afinações, fez-se um grande silêncio e, no posto do maestro, vestido de preto, violino na mão, apareceu o Padre Antonio, mais magro e nariigudo do que nunca, mas com maior presença, pela carrancuda tensão de ânimo que, quando tinha de enfrentar tarefas de arte maior, manifestava-se nele em majestosa economia de gestos — parcimônia muito estudada para melhor ressaltar as resolutas e acrobáticas investidas que magnificariam seu virtuosismo nas passagens concertantes. Imerso em si mesmo, sem se virar para ver as poucas pessoas que, aqui e ali, tinham se infiltrado no teatro, abriu lentamente um manuscrito, levantou o arco — como naquela noite — e, no duplo papel de maestro e executante ímpar, deu início à sinfonia, mais agitada e ritmada — talvez — que outras sinfonias suas de tempo sossegado, e abriu-se o pano de boca sobre um estrondo de cor. Lembrou-se o indiano, de repente, do irisado de flâmulas e galhardetes que contemplara, certo dia, em Barcelona, com a acesa selva de velâmens e estandartes que, sobre proas de naus, alegravam o lado direito do palco, enquanto, à esquerda, empavesando as maciças muralhas de um palácio, eram auriflamas e bandeirolas de púrpura e amaranto. E sobre um braço de água que vinha da laguna do México, uma ponte de fina arcada (muito parecida, talvez, com certas pontes venezianas) separava o atracadouro dos espanhóis da mansão imperial de Montezuma. Mas, sob tais esplendores, restavam evidentes vestígios de uma batalha recente: lanças, flechas, escudos, tambores militares, espalhados pelo chão. Entrava o Imperador dos Mexicanos, com uma espada na mão, e atento ao arco de Mestre Antonio, clamava:

Son vinto eterni Dei! tutto in un giorno
Lo splendor de'miei fasti, e l'alta Gloria
Del valor Messican cade svenata...

Vãs foram as invocações, os ritos, os clamores ao Céu, diante dos embates de um destino adverso. Hoje tudo é dor, desolação, desabar de grandezas: *"Un dardo vibrato nel mio sen..."* E surge a Imperatriz com um traje entre Semíramis e dama de Ticiano, bela e valente mulher, que tenta reanimar os brios de seu derrotado esposo, posto por um *"falso ibero"* em tão funesto transe. "Não podia faltar no drama", sopra Filomeno a seu amo. "É Anna Giró, a amante do Frade Antonio. É sempre dela o papel de protagonista." "Aprenda a respeitar", diz o indiano, severo, a seu fâmulo. Mas, nisso, agachando a cabeça sob as auriflamas astecas que pendem sobre as tábuas do espetáculo, aparece Teutile, personagem mencionado na *Historia de la conquista de Mé-*

xico, de Mosén Antonio de Solís, que fora Cronista-mor das Índias. "Mas acontece que aqui é uma fêmea!", exclama o indiano, notando que os seios sobressaíam na túnica enfeitada de passamanarias. "Não é à toa que a chamam de 'alemã'", diz o negro. "E você sabe que, em matéria de úberes, as alemãs..." "Mas isso é um grandessíssimo absurdo", diz o outro. "Segundo Mosén Antonio de Solís, Teutile era *general* dos exércitos de Montezuma." "Pois aqui se chama Giuseppa Pircher, e tenho para mim que se deita com Sua Alteza, o Príncipe de Darmstadt, ou Armestad, como dizem outros, que mora, enjoado que está das neves, num palácio desta cidade." "Mas Teutile é um homem e não uma mulher." "Qualquer um sabe disso!", diz o negro. "Aqui tem gente com muitos vícios... Se não, veja só." E ocorre que Teutile queria casar-se com Ramiro, irmão caçula do Conquistador Dom Hernán Cortés, cujo papel de varão nos canta agora a *Signora* Angiola Zanuchi... "Outra que se deita com Sua Alteza, o Príncipe de Darmstadt", insinua o negro. "Ora, aqui todo mundo se deita com todo mundo?", pergunta o indiano, escandalizado. "Aqui as pessoas se deitam com deus e o mundo!... Mas me deixe ouvir a música, pois está soando uma passagem de trompete que me interessa muito", diz o negro. E o indiano, desconcertado com a inversão de aparências, começa a se perder no labirinto de uma ação que se enreda e se desenreda em si mesma, com enredos sem fim. Montezuma pede à Imperatriz Mitrena — pois a chamam assim — que imole sua filha Teutile ("mas se Teutile, porra, era um general mexicano!...") antes que a donzela seja maculada pelos torvos apetites de um invasor. Porém (e aqui os "poréns" devem multiplicar-se ao infinito…) a princesa prefere suicidar-se na presença de Cortés. E cruza a ponte, que agora está surpreendentemente parecida com a de Rialto, e, pura e digna, clama perante o Conquistador:

La figlia d'un Monarca,
in ostagio a Fernando? Il Sangue illustre
di tanti Semidei
cosí ingrato avvilirsi?

Nisso, Montezuma dispara uma flecha em Cortés, e se arma um tal rolo no palco que o indiano perde o fio da meada e só é tirado de seu atordoamento ao ver o cenário mudar, e de repente nos vemos no interior de um palácio com as paredes enfeitadas de símbolos solares, onde aparece agora o Imperador do México vestido à espanhola. "Isso sim, está estranho!", observa o indiano, ao perceber que o *Signor* Massimiliano Miler tirou a fantasia que ele — este que está aqui, neste camarote, o rico, o riquíssimo negociante de prata — usou ontem à noite, ou anteontem à noite, ou ante-ante-anteontem à noitíssima, ou sabe-se lá quando, para ficar parecido com os senhores da aristocracia romana que, para posar de austeros diante das extravagâncias da Sereníssima República, agora adotavam as modas de Madri ou de Aranjuez, como faziam muito naturalmente, desde sempre, os ricos senhores de Ultramar. Mas, de qualquer modo, esse Montezuma ataviado à espanhola parece tão insólito, tão inadmissível, que a ação volta a enredar-se, atravessar-se, arrevesar-se, na mente do espectador, de tal modo que, diante da nova indumentária do Protagonista, do Xerxes vencido, da tragédia musical, confunde-se o cantor com as tantas e tantas pessoas de personalidade trocada que puderam ser vistas no carnaval vivido na noite de ontem, anteontem à noite ou não sei quando, até que o pano de boca de veludo encarnado fecha-se sobre um vigoroso chamado ao combate naval, lançado por um tal de Asprano, outro "general dos mexicanos", jamais mencionado por Bernal Díaz del Castillo ou por Antonio de Solís em suas famosas crônicas... Soam novamente as horas dadas pelos "*mori*" do Orologio; concertam-se em pressurosas percussões os martelos maquinistas, mas o Padre Vivaldi não abandona o âmbito da orquestra, cujos músicos se põem a descascar laranjas e a emborcar as *fiascas** de clarete, antes, e, sentando-se numa banqueta, entrega-se à tarefa de revisar os papéis pautados do ato seguinte, marcando uma correção, às vezes, com mal-humorada pena. Observa-se tal atenção de leitura em seu modo de passar as folhas, com gestos que em nada afetam a imobilidade de seu dorso magro, que ninguém se atreve a incomodá-lo. "Tem muito de Licenciado Cabra", diz o indiano, lembrando-se do célebre preceptor do romance que correu toda a América. "Licenciado Cabrão, eu diria...", assinala Filomeno, a quem as redondas ancas e o róseo decote de Anna Giró não deixaram insensível... Mas agora o arco do virtuoso dá entrada a uma nova sinfonia — em tempo lento e sustenido, desta vez —, abre-se o palco, e estamos numa vasta sala de audiências, semelhante em tudo à que vemos no quadro que o indiano possui em sua casa de Coyoacán, onde se

---

*Em italiano, "garrafa", "frasco". (N. T.)

assiste a um episódio da Conquista — mais fiel à realidade, de certo modo, que o que até agora se viu por aqui. Agora Teutile (será preciso aceitar, decididamente, que é fêmea e não macho?) lamenta o destino de seu pai, prisioneiro dos espanhóis, que agiram perfidamente. Mas Asprano dispõe de homens prontos a resgatá-lo: "Meus guerreiros estão impacientes por montar em suas canoas e pirogas; impacientes para castigar o Duce (*sic*) que faltou com sua palavra". Entram em cena Hernán Cortés e a Imperatriz, e a mexicana entrega-se a um patético lamento em que um sotaque evocador da Rainha Atossa de Ésquilo mescla-se (nesse começo que ouvimos agora) com um certo derrotismo *malinchero.** Mitrena-Malinche reconhece que aqui se vivia em trevas de idolatria; que a derrota dos astecas fora anunciada por pavorosos presságios. Além disso:

Per sécolo si lunghi
furo i popoli cotanto idioti
ch'anche i propi tesor gl'érano ignoti,

e de repente compreendeu-se que eram Falsos Deuses os que nessas terras se adoravam; e que, finalmente, por Cozumel, em trovão de canhões e bombardas, chegara a Verdadeira Religião, com a pólvora, o cavalo e a Palavra dos Evangelhos. Uma civilização de homens superiores impusera-se com dramáticas realidades de razão e de força... Porém, por isso mesmo (e aqui se esfumava o malinchismo de

---

*De Malintzin, ou Malinche, célebre índia, instruída e poliglota, que serviu de intérprete a Hernán Cortés, que a chamava de Marina e com quem teve um filho. Tornou-se símbolo da traição. (N. T.)

Mitrena em valente subida de tom), a humilhação imposta a Montezuma era indigna da cultura e do poderio de tais homens: "Se do Céu da Europa a esta parte do Ocidente haveis passado, sede Ministro, senhor, e não Tirano". Aparece Montezuma acorrentado. Envenena-se a discussão. Agitam-se os músicos de Mestre Antonio sob o repentino alvoroço de sua batuta; há mudanças de cenário como só os maquinistas venezianos, por operação portentosa de suas máquinas, conseguem fazer, e, em luminosa visão, aparece o grande Lago de Texcoco, com vulcões ao fundo, sulcado de embarcações índias, e arma-se uma tremenda naumaquia com encarniçadas atracações de espanhóis e mexicanos, clamores de ódio, muitas flechas, ruído de aços, morriões caídos, talhos e estocadas, homens na água, e uma cavalaria que irrompe repentinamente pelos fundos, afundando de vez a turbamulta; soam trombetas acima, soam trombetas abaixo, há estridências de pífaros e clarins, e começa o incêndio da frota asteca, com fogo de passamanaria, fumarolas de artifício, centelhas, fumaças e pirotecnias de alto vôo, vozearia, confusão, gritos e desastres. "Bravo! Bravo!", clama o indiano. "Foi assim! Foi assim!" "Você esteve lá?", pergunta Filomeno, caçoando. "Não estive, mas estou dizendo que foi assim e basta…" Fogem os vencidos, retira-se a cavalaria, o palco fica cheio de cadáveres e de feridos graves, e Teutile, qual Dido Abandonada, quer atirar-se às chamas de uma fogueira que ainda arde, para morrer em grande estilo, quando Asprano lhe anuncia que seu próprio pai reservou-lhe o sublime destino de ser imolada no Altar dos Antigos Deuses, qual nova Ifigênia, para aplacar as iras d'Aqueles que, do Céu, regem o destino dos mortais. "Bem:

como improviso de inspiração clássica, passa", opina o indiano, dubitativo, ao ver fechar-se novamente o pano de boca encarnado. Mas logo se arma o concertante de marteladas que anuncia novo cenário, volta o pessoal da música, e, após breve sinfonia que nada de bom anuncia — a julgar pelas dilacerantes harmonias —, ao abrir-se novamente a embocadura do palco, admira-se uma torre de maciça construção, com fundo panorâmico, em jogo óptico, da magna cidade de Tenochtitlán. Há cadáveres no chão, cuja presença o indiano não entende direito. E a ação se enreda novamente, com um Montezuma outra vez vestido de Montezuma ("minhas roupas, minhas próprias roupas..."), uma Teutile prisioneira, gente que parece decidida a libertá-la, e uma Mitrena que pretende botar fogo no edifício. "Outro incêndio?", pergunta Filomeno, ansioso para que se repita o anterior, que foi, realmente, de um esplendor incrível. Mas não. Como que por artes de berliques e berloques a torre se transforma num templo, em cuja entrada ergue-se a estátua ameaçadora, retorcida, orelhuda, tremenda, de um Deus muito parecido com os diabos inventados pelo pintor Bosch, cujos quadros eram tão apreciados pelo Rei Felipe II, e que ainda se conservam sobre os sinistros *pudrideros** do Escorial — Deus que alguns sacerdotes, vestidos de branco, chamam de Uchilibos. ("De onde tiraram isso?", pergunta-se o indiano.) Trazem Teutile de mãos amarradas, e está para consumar-se o cruento sacrifício quando o *Signor* Massimiliano Miler, recorrendo às últimas energias de uma voz gravemente cansada pela transbordante inspira-

---

*Câmara destinada aos mortos, antes de serem levados ao jazigo. (N. T.)

ção de Antonio Vivaldi, larga, em heróico e sombrio esforço, um lamento em tudo digno do caído monarca de "Os persas":

Estrelas, haveis vencido.
Exemplo sou, perante o mundo, da inconstância vossa.
Rei fui, e me vangloriei, de possuir divinos poderes.
Agora, objeto de escárnio, aprisionado, acorrentado, tornado
[desprezível troféu de alheia glória
só servirei para argumento de uma futura história.

E o indiano secava as lágrimas arrancadas por tão sublimes queixas, quando o pano de boca, num fechar e abrir do palco, colocou-nos na Gran Plaza de México, enfeitada de triunfos à romana, colunas rostrais, sob um céu flamejado por todas as flâmulas, galhardetes, estandartes, insígnias e bandeiras vistos até agora. Entram os prisioneiros mexicanos, correntes no pescoço, chorando sua derrota; e quando parece que se assistirá a uma nova matança, dá-se o imprevisto, o incrível, o maravilhoso e absurdo, contrário a toda verdade: Hernán Cortés perdoa seus inimigos, e, para selar a amizade entre astecas e espanhóis, celebram-se, em júbilos, vivas e aclamações, as bodas de Teutile e Ramiro, enquanto o Imperador vencido jura eterna fidelidade ao Rei da Espanha, e o coro, sobre cordas e metais levados em tempo pomposo e a toda força pelo Mestre Vivaldi, canta a ventura da paz reconquistada, o triunfo da Verdadeira Religião e as alegrias do Himeneu. Marcha, epitalâmio e dança geral, e *da capo*, e outro *da capo*, até que se fecha o veludo encarnado sobre o furor do indiano. "Falso, falso, falso; tudo falso!", grita. E gritando "falso, falso, falso, tudo falso", corre até o Padre Ruivo, que enquanto dobra as partituras seca o suor com um grande lenço xadrez. "Falso… o quê?", pergunta, atônito, o músico. "Tudo. Esse final é uma estupidez. A História…" "A ópera não é coisa de historiadores." "Mas… Nunca existiu tal Imperatriz do México, nem Montezuma teve filha alguma que se casasse com espanhol." "Um momento, um momento", diz Antonio, com repentina irritação. "O poeta Alvise Giusti, autor desse 'drama para música', estudou a crônica de Solís, que tem em alta estima, por ser documentada e fidedigna, o bibliotecário-mor da Marciana. E ali se fala da Imperatriz, sim senhor, mulher digna, animosa e valente." "Nunca vi isso." "Capítulo xxv da Quinta Parte. E também se diz, na Quarta Parte, que duas ou três filhas de Montezuma se casaram com espanhóis. Portanto, uma a mais, uma a menos…" "E esse deus Uchilibos?" "Eu não tenho culpa se vocês têm uns deuses com nomes impossíveis. Os próprios Conquistadores, tentando remedar a fala mexicana, denominavam-no Huchilobos, ou algo parecido." "Pesquei: tratava-se de Huitzilopochtli." "E você acha que dá pra cantar isso? Tudo, na crônica de Solís, é trava-língua. Contínuo trava-língua. Iztlapalalpa, Qualpopoca, Xicotencatl… Aprendi-os como exercício de articulação. Mas… quem, porra, terá tido a idéia de inventar semelhante idioma?" "E esse Teutile, que vira fêmea?" "Tem um nome pronunciável, que se pode dar a uma mulher." "E o que foi feito de Guatimozín, o herói verdadeiro de toda essa história?" "Teria quebrado a unidade de ação… Seria personagem para outro drama." "Mas… Montezuma foi apedrejado." "Muito feio para um final de ópera. Bom, talvez, para os ingleses, que terminam seus jogos cênicos com assassinatos, carnificinas, marchas fúnebres e coveiros. Aqui as pessoas vêm ao teatro para se divertir." "E onde meteram Dona Marina, em toda essa pantomima mexicana?" "A Malinche foi uma traidora safada, e o público não gosta de traidoras. Nenhuma cantora nossa teria aceitado um papel desses. Para ser grande e merecedora de música e aplausos, essa índia devia ter feito o que Judite fez com Holofernes." "Sua Mitrena, no entanto, reconhece a superioridade dos Conquistadores." "Mas é quem, até o final, anima uma resistência desesperada. Esses personagens sempre fazem sucesso." O indiano, embora em tom mais moderado, insistia: "A História conta…" "Não me venha com História quando se trata de teatro. O que conta aqui é a ilusão poética… Veja, o famoso Monsieur Voltaire estreou em Paris, há pouco, uma tragédia na qual se assiste a um idílio entre um Orosmán e uma Zaira, personagens históricos que, se tivessem vivido quando transcorre a ação, teriam, ele mais de oitenta anos, ela muito mais de noventa…" "Nem com pó de *carey** dissolvido em aguardente", murmura Filomeno. "E ali se fala de um incêndio de Jerusalém pelo Sultão Saladino que é totalmente falso, pois quem, na verdade, saqueou a cidade e passou a população na faca foram nossos Cruzados. E note que quando se fala dos Lugares Santos, aí sim há História. História grande e respeitável!" "E para você a História da América não é grande nem respeitável?" O Padre Músico meteu

---

*O pó do pênis dessecado do *carey*, tartaruga típica dos mares tropicais, costumava, em alguns países da América, ser adicionado a bebidas alcoólicas por suas virtudes afrodisíacas. (N. T.)

seu violino num estojo forrado de cetim fucsina: "Na América tudo é fábula: contos de Eldorados e Potosís, cidades-fantasmas, esponjas que falam, carneiros de velocino vermelho, Amazonas com uma teta a menos, e *orejones** que se alimentam de jesuítas..." Agora o indiano voltava a se irritar: "Se gosta tanto de fábulas, ponha música no *Orlando Furioso*." "Já fiz isso: a estréia foi há seis anos." "Não vai me dizer que pôs em cena um Orlando que, nu em pêlo, atravessa toda a França e a Espanha, com os colhões ao vento, antes de cruzar a nado o Mar Mediterrâneo e ir para a Lua, assim como quem não quer nada?..." "Parem com essa merda", disse Filomeno, muito interessado ao observar que no palco, abandonado pelos maquinistas, a *Signora* Pircher (Teutile) e a *Signora* Zanuchi (Ramiro), já sem maquiagem, e vestidas para ir à rua, estreitavam-se num abraço pra lá de apertado, felicitando-se, talvez com excessivos beijos, por terem, ambas — a verdade era essa — cantado tão bem. "Tribadismo?", perguntou o indiano, recorrendo à mais fina palavra que naquele instante pudesse expressar suas suspeitas. "Quem se importa com isso!", exclamou o Padre, com repentina pressa de sair, em resposta a um impaciente apelo da formosa Anna Giró, que aparecera, mas agora sem realce de luzes e artifícios, no fundo do palco. "Lamento que não tenham gostado de minha ópera... De outra feita, tratarei de conseguir um tema mais romano..." Lá fora, os "*mori*" do Orologio acabavam de martelar as seis, entre pombas já adormecidas e neblinosas garoas que, emanando dos canais, ocultavam os esmaltes e ouros de seu relógio.

---

*Etnia ameríndia descendente dos paiaguás, grupo Tucano ocidental. (N. T.)

VIII.

E soará a trombeta...
Coríntios, I, 52

Sob a tênue garoa que dava um certo cheiro de estábulo aos panos dos casacos, andava o indiano, carrancudo, imerso em si mesmo, os olhos postos no chão, como se contasse as pedras da rua — azuladas pelas luzes municipais. Seus pensamentos ficaram por exteriorizar-se num murmúrio quieto, dos lábios para dentro, que estava a meio caminho entre a idéia e a palavra. "Por que tenho de vê-lo aflito com a representação em música que acabamos de ver?", pergunta-lhe Filomeno. "Não sei", diz, finalmente, o outro, deixando de gastar a voz em solilóquios ininteligíveis. "O Padre Antonio deu-me muito o que pensar com sua extravagante ópera mexicana. Neto sou de gente nascida em Colmenar de Oreja e Villamanrique del Tajo, filho de estremenho batizado em Medellín, como Hernán Cortés. E no entanto, hoje, esta tarde, há um instante, me aconteceu uma coisa muito estranha: quanto mais a música de Vivaldi corria e eu me deixava levar pelas peripécias da ação que a ilustrava, maior era meu desejo de que os mexicanos triunfassem, no anseio de um impossível desenlace, pois ninguém podia saber melhor do que eu, nascido lá, como se passaram as coisas. Fiquei surpreso comigo mesmo, na avessa espera de que Montezuma vencesse a arrogância do espanhol e de que sua filha, como a heroína bíblica, degolasse o suposto Ramiro. E percebi, de repente, que estava do lado da gente da América, brandindo os mesmos arcos e desejando a derrocada daqueles que me deram sangue e sobrenome. Se eu fosse o Quixote de 'El retablo de Maese Pedro', teria investido, lança e adarga em punho, contra minha própria gente, de cota de malha e elmo." "E o que se espera da ilusão cênica, a não ser que nos tire de onde estamos e nos leve até onde não poderíamos chegar por vontade própria?", pergunta Filomeno. "Graças ao teatro podemos voltar no tempo e viver, coisa impossível para nossa carne presente, em épocas para sempre idas." "Também serve — e isto foi escrito por um filósofo de antigamente — para nos purgar de desassossegos ocultos no mais profundo e recôndito de nosso ser... Diante da América de artifício do mau poeta Giusti, deixei de sentir-me espectador para tornar-me ator. Tive ciúme de Massimiliano Miler, por vestir-se com a roupa de Montezuma que, de repente, tornou-se tremendamente minha. Parecia-me que o cantor representava um papel a mim destinado, e que eu, por ser fraco e medroso, fora incapaz de assumir. E senti-me subitamente fora da situação, exótico neste local, fora de lugar, longe de mim mesmo e de tudo que é realmente meu... Às vezes é preciso afastar-se das coisas, pôr um mar no meio, para ver as coisas de perto." Naquele momento martelaram, como faziam há séculos, os *"mori"* do Orologio. "Esta cidade já está me chateando, com seus canais e gondoleiros. Já me deitei com a Ancilla, com a Camilla, com a Zulietta, com a Angeletta, com a Catina, com a Faustolla, com a Spina, com a Agatina e com muitas outras cujos nomes esqueci — e basta! Volto para o meu canto ainda esta noite. Para mim é outro o ar que, ao me envolver, me esculpe e me dá forma." "De acordo com o Padre Antonio, tudo o que é de lá é fábula." "De fábulas alimenta-se a Grande História, não se esqueça disso. Fábula parece o que é nosso às pessoas daqui porque estas perderam o senso do fabuloso. Chamam de fabuloso tudo o que é remoto, irracional, situado no ontem." O indiano marcou uma pausa. "Não entendem que o fabuloso está no futuro. Todo futuro é fabuloso..." Andavam, agora, pela alegre Via Merceria, menos animada do que outras vezes, em razão do chuvisco que, de tanto cair, já começava a gotejar da aba dos chapéus. O indiano lembrou-se, então, das encomendas que, na véspera da viagem, tinham-lhe feito, lá em Coyoacán, seus amigos e confrades. Jamais pensara, naturalmente, em reunir as solicitadas amostras de mármores, a bengala de âmbar polonês, o raro in-fólio do bibliotecário caldeu, nem queria lastrear sua bagagem com barriletes de marasquino ou moedas romanas. Quanto ao bandolim incrustado de nácar... que a filha do inspetor de pesos e medidas o tocasse em sua própria carne, que para isso ele a mantinha bem retesada e afinada! Mas ali, naquela loja de música, deviam encontrar-se as sonatas, os concertos, os oratórios, que bem modestamente lhe pedira o professor de canto e música do pobre Francisquillo. Entraram. O vendedor trouxe, para começar, umas sonatas de Domenico Scarlatti: "Grande sujeito", disse Filomeno, recordando aquela noite. "Dizem que esse grande safado está na Espanha, onde conseguiu que a Infanta María Bárbara, generosa e amantíssima, assuma suas dívidas de jogo, que continuarão a crescer enquanto houver um baralho numa banca de jogo." "Cada um tem suas fraquezas. Pois esse aí sempre morreu pelas mulheres", disse Filomeno, apontando para uns concertos do Padre Antonio, intitulados *Primavera*, *Verão*, *Outono*, *Inverno*, cada qual encabeçado por um belo soneto. "Esse sempre viverá na primavera, mesmo que o inverno o apanhe", disse o indiano. Mas, agora, apregoava o vendedor os méritos de um oratório muito notável: "O Messias". "Nada mais, nada menos!", exclamou Filomeno. "Aquele saxão não brinca em serviço." Abriu a partitura: "Porra! Isso é que é escrever para trompete! Me dê aqui para que eu possa tocar". E lia e relia, com admiração, a ária de baixo, escrita por Georg Friedrich sobre dois versículos da Epístola aos Coríntios. "E, sobre notas que só um executante de primeira categoria poderia tirar de seu instrumento, estas palavras que parecem coisa de *spiritual*:

The trumpet shall sound
and the dead shall be raised
incorruptible, incorruptible,
and we shall be changed,

and we shall be changed!
The trumpet shall sound,
the trumpet shall sound!

Apanhada a bagagem, guardadas as músicas na maleta de couro rijo que ostentava o ornato de um calendário asteca, dirigiram-se, o indiano e o negro, para a estação de trem. Faltando minutos para a saída do expresso, o viajante assomou à janela de seu compartimento dos Wagons-Lits-Cook: "Lamento que você vá ficar", disse a Filomeno, que, meio tiritante pela umidade, esperava na plataforma. "Fico mais um dia. Para mim, o lance desta noite é uma oportunidade única." "Posso imaginar... Quando voltará a seu país?" "Não sei. Por ora, irei a Paris." "As fêmeas? A Torre Eiffel?" "Não. Fêmeas há em toda parte. E a Torre Eiffel já deixou, faz tempo, de ser um portento. Matéria para peso de papéis, e olhe lá." "Então?" "Em Paris vão me chamar de Monsieur Philomène, assim, com *Ph* e um belo acento grave no *e*. Em Havana, seria apenas 'o neguinho Filomeno'." "Um dia isso vai mudar." "Seria preciso uma revolução." "Desconfio das revoluções." "Porque há muito dinheiro, lá em Coyoacán. E quem tem dinheiro não gosta de revoluções... Já os eus, que somos muitos e seremos maises a cada dia..." Martelaram uma vez mais — e quantas vezes, em séculos e séculos? — os *"mori"* do Orologio. "Talvez eu os esteja ouvindo pela última vez", disse o indiano. "Aprendi muito com eles, nesta viagem." "É que se aprende muito viajando." "Basílio, o grande capadócio, santo e doutor da Igreja, afirmou, num raro tratado, que Moisés tinha adquirido muita ciência em sua vida no Egito e que se Daniel foi tão bom intérprete de sonhos — e com o sucesso que isso faz hoje em dia! — foi porque os magos da Caldéia lhe ensinaram." "Aproveite bem a sua", disse Filomeno, "que eu me ocuparei de meu trompete." "Fica bem acompanhado: o trompete é ativo e resoluto. Instrumento de gênio forte e de grandes palavras." "É por isso que soa tanto em Juízos Finais, na hora de ajustar as contas com safados e filhos-da-puta", disse o negro. "Para que esses acabem será preciso esperar o Fim dos Tempos", disse o indiano. "É estranho", disse o negro. "Sempre ouço falar do Fim dos Tempos. Por que não se fala, antes, do Começo dos Tempos?" "Esse será o Dia da Ressurreição", disse o indiano. "Não tenho tempo para esperar tanto tempo", disse o negro... O ponteiro grande do relógio de entrevias pulou o segundo que o separava das oito da noite. O trem começou a deslizar quase imperceptivelmente, em direção à noite. "Adeus!" "Até quando?" "Até amanhã?" "Ou até ontem...", disse o negro, embora a palavra "ontem" tenha se perdido num longo silvo da locomotiva... Filomeno virou-se para as luzes, e teve a impressão, de repente, de que a cidade envelhecera enormemente. Saíam rugas nas caras de suas paredes cansadas, fissuradas, rachadas, manchadas por herpes e fungos anteriores ao homem, que começaram a roer as coisas nem bem estas foram criadas. Os campanários, cavalos gregos, pilastras siríacas, mosaicos, cúpulas e emblemas, excessivamente mostrados em cartazes que andavam pelo mundo para atrair usuários de *travellers checks*, tinham perdido, nessa multiplicação de imagens, o prestígio daqueles Lugares Santos que exigem, de quem possa contemplá-los, a prova de viagens eriçadas de obstáculos e perigos. O nível das águas parecia ter subido. Aumentava a marcha das lanchas a motor a agressividade das ondas mínimas, mas tenazes e constantes, que se quebravam sobre os pilotis, pernas-de-pau e muletas, que ainda sustentavam suas mansões, efemeramente alegradas, aqui, ali, por maquiagens de alvenaria e cirurgias plásticas de arquitetos modernos. Veneza parecia afundar, de hora em hora, em suas águas turvas e revoltas. Uma grande tristeza pairava, naquela noite, sobre a cidade enfermiça e socavada. Mas Filomeno não estava triste. Nunca estava triste. Esta noite, dentro de meia hora, aconteceria o Concerto — o tão esperado concerto de quem fazia o trompete vibrar como o Deus de Zacarias, o Senhor de Isaías, ou como o reclamava o coro do mais jubiloso salmo das Escrituras. E como ainda tinha muitas tarefas a cumprir onde quer que uma música se definisse em valores de ritmo foi, a passo ligeiro, para a sala de concertos cujos cartazes anunciavam que, dentro em pouco, começaria a soar o cobre ímpar de Louis Armstrong. E Filomeno tinha a impressão de que, ao fim e ao cabo, a única coisa viva, atual, projetada, com a seta apontada para o futuro, que restava para ele naquela cidade lacustre, era o ritmo, os ritmos, ao mesmo tempo elementares e pitagóricos, presentes aqui embaixo, inexistentes em outros lugares onde os homens haviam comprovado — bem recentemente, por certo — que as esferas não tinham mais músicas que as de suas próprias esferas, monótono contraponto de geometrias rotatórias, já que os atribulados habitantes desta Terra, ao galgarem a Lua divinizada do Egito, da Suméria e da Babilônia, só tinham encontrado nela um monturo sideral de pedras imprestáveis, um rastro rocalhoso e poeirento, anunciadores de outros rastros maiores, postos em órbitas mais distantes, já mostrados em imagens reveladas e reveladoras de que, afinal de contas, esta Terra, volta e meia estuporada, não era nem a merda que alguns diziam, nem tão indigna de agradecimento — que era, o que quer que se dissesse, a Casa mais habitável do Sistema — e que o Homem que conhecíamos, muito maldito e desgraçado em seu gênero, sem outros com quem medir-se em sua roleta de mecânicas solares (talvez Eleito por isso, nada demonstrava o contrário), não tinha nada melhor a fazer senão cuidar de seus assuntos pessoais. Que fosse procurar a solução de seus problemas nos Ferros de Ogum ou nos caminhos de Eleguá, na Arca da Aliança ou na Expulsão dos Mercadores, no grande bazar platônico das Idéias e artigos de consumo ou na famosa aposta de Pascal & Co. Corretores de Seguros, na Palavra ou na Tocha — isso era problema seu. Filomeno, por enquanto, arranjava-se com a música terrena — porque a música das esferas não lhe interessava. Apresentou seu ticket na entrada do teatro, foi conduzido até sua poltrona por uma lanterninha de nádegas extraordinárias — o negro via tudo com singular percepção do imediato e palpável —, e surgiu entre trovões, grandes trovões de aplausos e exultação, o prodigioso Louis. Embocando o trompete, atacou, como só ele sabia fazer, a melodia "Go down Moses", antes de passar para a de "Jonah and the whale", levantada pelo pavilhão de cobre até os céus do teatro onde voavam, imobilizados num trânsito de seu vôo, os rosados *ministriles** de uma angelical cantoria, devida,

---

Ministril é aquele que toca instrumento de sopro ou de corda em ofícios religiosos. (N. T.)

talvez, aos claros pincéis de Tiépolo. E a Bíblia voltou a tornar-se ritmo e a morar entre nós com "Ezekiel and the wheel", antes de desembocar num "Hallelujah, hallelujah", que evocou, para Filomeno, subitamente, a pessoa d'Aquele — o Georg Friedrich daquela noite — que descansava, sob uma abarrocada estátua de Roubiliac, no grande Clube dos Mármores da Abadia de Westminster, junto ao Purcell que tanto sabia, também, de místicas e triunfais trombetas. E concertavam-se já em nova execução, seguindo o virtuoso, os instrumentos reunidos no palco: saxofones, clarinetes, contrabaixo, guitarra elétrica, tambores cubanos, maracas (não seriam, talvez, aquelas *tipinaguas* celebradas certa vez pelo poeta Balboa?), címbalos, madeiras percutidas pau a pau que soavam como martelos de prataria, caixas destimbradas, vassourinhas de corda, címbalos e triângulos-sistros, e o piano de tampa levantada que nem se lembrava de ter se chamado, em outros tempos, algo assim como "um cravo bem temperado". "O tal do profeta Daniel, que tanto aprendeu na Caldéia, falou de uma orquestra de cobres, saltério, cítara, harpas e sambucas, que deve ter se parecido muito com esta", pensou Filomeno... Mas agora todos explodiam, acompanhando o trompete de Louis Armstrong, num enérgico *strike-up* de deslumbrantes variações sobre o tema de "I can't give you anything but love, baby" — novo concerto barroco ao qual, por inesperado portento, vieram confundir-se, caídas de uma clarabóia, as horas dadas pelos mouros da Torre do Orologio.

La Habana—Paris, 1974

Apêndice

MOTEZUMA

DRAMA PER MUSICA

Da rapprefentarfi

NEL TEATRO

DI SANT'ANGELO

Nell'Autunno dell'Anno 1733.

IN VENEZIA,

Appreffo Marino Roffetti, in Merceria
all'Infegna della Pace.

Con Licenza de' Superiori.

ARGOMENTO

È famosa l'Istoria della Conquista del Messico sotto la condotta del Valorosissimo Fernando Cortes in cui diede mirabili contrasegni di prudenza, e Valore. Ne scrisse con minor sospetto di tutti gl'Auttori la famosa penna del de Solis, e quantunque giudicato il più interessato nelle glorie di quest'Eroe, nulladimeno io lo giudico il più sincero. Molte furono le attioni generose, ed invite di questo Duce per arrivare al sospirato confine; ma per ridurmi quant'è possibile alla Brevità dell'attione, io mi raccolgo nel tempo, che da Motezuma Imperator del Messico fù il Cortes con il suo seguito ricevuto nella Capitale. Suppongo l'amistà benche simulata, che tra quelle due Nazioni correva, i pretesti per li quali fù interrotta la pace, e rappresento nel presente Drama le calamità dell'ultimo giorno a cui restò quel gran Principe soggiogato.

A 3 e vine vinta la Monarchia. Tutto ciò, che di vero abbandono, e che di verisimile aggiungo è per adattarmi alla Scena . e perche meno imperfetto, che fia poffibile comparifca il prefente Drama intitolato MOTEZUMA.

Le Voci, Fato. Numi, Deftino, ed altre fono termini Poetici, che nulla offendono la Religion dell'Auttore, ch'è Cattolico.

SC.f.-

SCENE
MUTABILI.

Atto Primo.

Parte della Laguna del Meffico, che divide il Palazzo Imperiale dal Quartiere Spagnuolo, con Ponte magnifico da cui reftano uniti li due Piani.
Camera con porta praticabile negl'Appartamenti Terreni.

Atto Secondo.

Sala d'udienza publica.
Campo spaziofo corrifpondente ad un'ampio feno della Marina vicino all'accampamento.

Atto Terzo.

Parte remota della Città con Torre, e Porta praticabile.
Tempio ove nel fondo fi vede la porta principale chiufa; a lato il Simolacro d'Uccilibos il Magg. Nume dei Meffi-cani con Ara ornata per il Sagrificio.
Gran Piazza nella Città del Meffico con ornamenti per il Trionfo.

A 4   PER

PERSONAGGI

MOTEZUMA Imperator del Meſſico.
Il Sgnr Maſſimiliano Miler.
MITRENA ſua Moglie.
La Signora Anna Girò.
TEUTILE loro Figlia.
La Signora Giuſeppa Pircber detta la Tedeſca Virtuoſa di S A. S. il Sig. Principe d'Armſtat.
FERNANDO Generale dell' Armi Spagnuole.
Il Signor Franceſco Bilanzoni Virtuoſo di S. E. il Sig. Principe di Torelle.
RAMIRO ſuo Fratello minore.
La Signora Angiola Zanuchi Virtuoſa di S. A. S. il Sig. Principe d'Armſtat.
ASPRANO Generale dei Meſſicani.
Il Signor Martanino Nicolini Virtuoſo di S. A. S. il Sig. Principe d'Armſtat.

Soldati Spagnuoli.
Soldati Meſſicani.

La Muſica del Vivaldi.
Li Balli del Sig. Giovanni Gallo.
Le Scene del Sig. Antonio Mauro

AT-

Nota

Tanto parece ter agradado o *Motezuma* de Vivaldi — que levava à cena um tema das Américas dois anos antes de Rameau ter escrito *As índias galantes*, de ambiente fantasiosamente incaico —, que o libreto de Alvise (outros o chamam de Girolamo) Giusti acabaria por inspirar novas óperas baseadas em episódios da conquista do México a dois célebres compositores italianos: o veneziano Baldassare Galuppi (1706-1785) e o florentino Antonio Sacchini (1730-1786).

Quero agradecer a Roland de Candé, iminente musicólogo e fervoroso vivaldiano, por ter me colocado no rastro do *Motezuma* do Padre Antonio.

Quanto ao gracioso ambiente do Ospedale della Pietà — com suas Cattarina del Cornetto, Pierina del Violino, Lucieta della Viola etc. etc. —, a ele referiram-se vários viajantes da época e, muito especialmente, o delicioso presidente De Brosses, libertino exemplar e amigo de Vivaldi, em suas libertinas *Cartas italianas*.

Devo advertir, porém, que o edifício a que me refiro não era o que agora se pode ver — construído em 1745 —, mas o anterior, situado no mesmo local da Riva degli Schiavoni. É interessante observar, todavia, que a atual igreja della Pietà, fiel a seu destino musical, conserva um singular aspecto de sala de concertos, com seus ricos balcões interiores, semelhantes aos de um teatro, e seu grande camarote de honra, no centro, reservado a ouvintes ilustres ou melômanos de alta classe.

A. C.

ESTA OBRA FOI COMPOSTA POR 2 ESTÚDIO GRÁFICO
EM MERIDIEN E IMPRESSA PELA PROL EDITORA GRÁFICA
EM OFSETE SOBRE PAPEL PÓLEN BOLD DA SUZANO PAPEL E CELULOSE
PARA A EDITORA SCHWARCZ EM SETEMBRO DE 2008